Luft & Liebe

D1995740

Luft & Liebe

Nina Schindler

Zickenalarm

Arena

In neuer Rechtschreibung

1. Auflage 2003
© 2003 by Arena Verlag GmbH, Würzburg
Alle Rechte vorbehalten
Einbandgestaltung von Sabine Kranz
Gesamtherstellung: Westermann Druck Zwickau GmbH
ISBN 3-401-05502-X

Linda

Ich hasse sie, kritzelte ich auf einen Zettel in meinem aufgeschlagenen Englischbuch.

Ich lehnte mich zurück und sah auf Alix' Rücken direkt vor mir.

Diese gemeine Ratte!

Diese blöde Kuh!

Diese hinterlistige Ziege!

Kam da neu in unsere Klasse und schnappte mir glatt meine Holle weg – einfach so mir nichts, dir nichts! Meine Freundin Holle, mit der ich schon seit dem dritten Schuljahr quasi schwesternmäßig verbandelt war, mit der ich all den Ärger mit doofen Eltern, blöden Geschwistern und gemeinen Lehrern durchgestanden hatte! Tat meiner Holle schön, schleimte sich bei ihr ein – und die blöde, liebe, gutmütige Holle merkte mal wieder gar nichts! Einfach gar nichts!

Ließ sich von dieser Adelsschnepfe einfach um den Finger wickeln und kapierte noch nicht mal, dass ich alle Gründe dieser Welt hatte, um stockbeleidigt zu sein.

Mich einfach so abzuschieben!
Bloß weil diese Schleimerin so tat, als ob Holle eine Mischung aus Madame Curie und Jennifer Lopez wäre.
Dauernd dieses »Kannst du mir mal helfen? Du hast das doch schon gehabt. Du weißt doch bestimmt, wie . . .«
Gar nix.
Nix wusste sie.
Holle war mit viel Geschiebe und Gewürge höchstens eine mittelmäßige Schülerin. Die Schlaue in unserem Bund war ich, schon immer.
Ich saß auf meinem angestammten Platz in der letzten Reihe und hätte platzen können vor lauter Schmach und Schande, weil ich auf einmal nur noch zweite Wahl war. Die Stimme der Gärtner, die vorn an der Tafel irgendwelche englischen grammatischen Formen runterleierte, störte mich nur wenig in meinen bösen Gedanken.
So was von pupsegal wie diese Regeln war mir schon lange nichts mehr gewesen!
Ganz im Gegensatz zu Alix, diesem gemeinen Biest – die war mir nicht egal!
Und Holle, meine gute alte Holle war auf dieses blöde Alix-Gesumse volle Kanne reingefallen und tat jetzt so, als wäre sie eine Leuchte der Wissenschaft. Ich könnte mich totlachen, wenn ich nicht so wütend wäre!!! Wie konnte sie mich einfach so abschieben! Von einem Tag auf den anderen nachmittags nicht mehr zu mir zu

kommen, sondern zu dieser blöden Alix zu rennen, als ob da alles Glück der Welt auf sie lauern würde.
KNACKS.
Ts, so was. Ich schaute auf meine Hände.
In meinem gerechten Zorn hatte ich den Bleistift durchgebrochen.
Na gut, dann schrieb ich eben mit dem Kuli weiter!
Ich hasse sie, ich hasse sie!!!!! Ich könnte sie umbringen! Ich könnte sie erwürgen! Ich könnte sie vergiften! Ich könnte sie erschießen! Oder erdol . . .
»Linda, was schreibst du denn da so eifrig?« Die Gärtner kam mit ausgestrecktem Arm quer durch die Klasse auf mich zu gewatschelt.
Scheiße!
Ich starrte auf den Zettel vor mir und meine fieberhaft rumtobenden Hirnzellen morsten mir, ich sollte unbedingt was tun, damit meine Mordwünsche nicht in Lehrerinnenhand fielen. Aber ich war wie gelähmt und starrte bloß die dunkel gewandeten Gärtnermassen an, die auf mich zugewogt kamen.
Stattdessen war es Alix, die sich umdrehte, mit einem Blick die Lage erfasste, einfach den Zettel schnappte und in ihre Schulmappe steckte.
»Sie hat mir nur aufgeschrieben, was Sie bisher in Englisch gemacht haben«, sagte sie ganz cool zur Gärtner.
Ich klappte den Mund wieder zu, den ich vor lauter Verblüffung aufgerissen hatte.

»Das ist doch sicherlich in Ordnung, wenn wir uns untereinander helfen?«, fragte Alix dann die schnaufende Gärtner, die vor ihr stand und unschlüssig auf die Tasche blickte, in der mein Zettel verschwunden war.
»Äh, nein, ja, äh, natürlich«, sagte die Gärtner, der man ansah, dass sie sich ausgetrickst fühlte. »Dann kann ich dich ja in Zukunft voll in den Unterricht einbeziehen, oder?«, säuselte sie noch rasch, offensichtlich die Rache der dicken Frau. Damit wandte sie sich hoheitsvoll um und wabbelte zurück zur Tafel.
Ich saß immer noch da wie ein Stück Holz.
Alix hatte sich wieder umgedreht und sah nach vorn und ich starrte auf ihren Rücken in der ausgeblichenen Jeansjacke.
Das war ja reizend! Jetzt hatte mein Mordopfer sozusagen mein Geständnis in der Hand!
Was tun?
Ich saß in der dicksten schwarzen Tinte, die man sich vorstellen kann. Ausgerechnet meine Intimfeindin half mir aus der Patsche!
Ich knirschte mit den Zähnen. Fast wäre es mir lieber gewesen, wenn die Gärtner den Zettel gekriegt hätte – bei der hätte ich mich schon irgendwie rausreden können.
Aber was sollte ich Alix bloß antworten, wenn sie meine Morddrohungen las? Obwohl – ich war mir ziemlich sicher, dass ich keinen Namen hingeschrieben hatte.
Na, mal sehen, vielleicht konnte ich mich doch irgend-

wie aus der Klemme ziehen. Mich aus Tricko-Tracko-Situationen rauszumanövrieren war schließlich schon immer meine Spezialität gewesen.
Ich grübelte also den Rest der Englischstunde darüber nach, was ich der dummen Tussi vor mir als Erklärung für mein Geschreibsel liefern würde – und dann beschloss ich das Ding ganz nach Gehör zu spielen.
Im Improvisieren war ich schon immer am besten gewesen.
Es gongte.
Die Gärtner machte den Abgang.
Puhhh!
Alix griff in ihre Tasche, drehte sich um und reichte mir den Zettel.
»Hier. Alles okay?«
»Ämbrmgrks«, sagte ich und schnappte mir den Wisch, faltete ihn rasch mehrere Male zusammen und zerriss ihn in minikleine Fetzen.
»Scheint ja was ziemlich Wichtiges draufgestanden zu haben«, sagte Alix grinsend und drehte sich wieder um.
Für heute war der Unterricht zu Ende. Ich steckte die Papierfetzen in meinen Rucksack und stand auf. Dann drehte ich mich zu Holle um, die auf der anderen Seite des Ganges saß.
»Was ist?«, sagte ich so lässig wie irgend möglich, während mir das Herz bis zum Halse klopfte – vor lauter Angst, sie könnte mir eine Abfuhr geben und Alix könnte das mitkriegen. »Kommst du noch mit auf ein Eis?«

Holle schleckt nämlich für ihr Leben gern, während ich mir eigentlich aus Süßscheiß nicht viel mache. Aber ich wollte sie unbedingt von Alix trennen, ich wollte, dass wir endlich mal wieder zusammen von der Schule nach Hause gingen, so wie früher.
»Au ja, klasse Idee«, sagte Holle und strahlte mich an. »He, Alix, hast du gehört? Wir gehen noch ein Eis essen. Kommst du mit?«
Diesmal hätte ich am liebsten Holle umgebracht, ich schwör's.
Lag ihr denn gar nichts mehr an mir? Wollte sie nie mehr mit mir allein sein? Musste jetzt immer diese Schnepfe mit von der Partie sein?
Ich wollte schon gerade sagen, dass ich doch leider direkt nach Hause müsste, als Alix antwortete.
»Oh, das wäre nett, aber ich muss leider ganz fix nach Hause. Der Klavierstimmer kommt um halb zwei und da muss jemand da sein. Vielleicht nächstes Mal!«
Garantiert nicht!, dachte ich. Es wird kein nächstes Mal geben, vorher mach ich dich platt, vorher bring ich dich um, vorher machst du den Abgang . . .
Und außerdem: Klavierstimmer! Hat die Welt noch Töne! So was Albernes.
Aber so war sie, dieses Nobelfräulein Alix von dem Knesebeck: Immer was Besseres! Immer was Besonderes! Einfach zum Kotzen.
Holle sagte sichtlich enttäuscht: »Wirklich schade. Ich

hätte so gern gewollt, dass ihr euch ein bisschen besser kennen lernt . . .« Und dabei sah sie mich an.

Ich grinste krampfhaft. »Muss ja nicht ausgerechnet jetzt sein. Andermal, vielleicht.«

»Alles klar, dann ciao«, sagte Alix und marschierte mit hoch erhobenem Kopf aus der Klasse.

Eingebildete Pute.

Klavierstimmer.

Ich hätte mich schütteln können.

»Kommst du?«, fragte Holle.

»Aber immer doch«, sagte ich und grinste.

Holle und Linda, so wie früher.

Ohne diese lästige Neue.

Wie schon unzählige Male vorher zockelten wir zu dem italienischen Eiscafé und holten uns jede eine Tüte.

»Was stand denn nun auf diesem Zettel?« Holle lutschte an ihrem Erdbeer-Stracciatella-Eis und sah mich neugierig an.

»Wo? Was?« Ich stellte mich blöd.

»Na, auf dem Zettel, den die Gärtner dir abnehmen wollte, du Dummi!« Sie lachte und ich lachte mit.

»Ach der Zettel! Da hatte ich bloß . . . Flüche draufgekritzelt.«

»Flüche?« Holles Augen waren rund wie zwei braune Murmeln.

»Na ja.« Ich zuckte mit den Achseln. »Schimpfwörter. Ich hab mir ein paar besonders gemeine ausgedacht.«

»Ach, ja? Sag mal ein paar!« Ihr tropfte gerade Eis auf die Jeans und deshalb war sie erst mal mit dem Säubern beschäftigt, während ich krampfhaft versuchte mir was Originelles einfallen zu lassen.
»Na ja – Spinatwachtel taugt für die Gärtner ja nicht so richtig, oder?«
»Nee. Was stand denn nun drauf?«
»Rosinentrine. Verdammte Englischmiss. Miss Dickmadam.«
»Och.« Holle runzelte die Stirn. »Sooo gemein find ich das alles aber nicht.«
»Nee? Also, da stand auch noch: ›Dich soll der Blitz beim Scheißen treffen!‹«
Ich atmete innerlich auf. Das musste jetzt aber reichen. Das war Mamas schlimmster Fluch auf Autofahrer, die ihr die Vorfahrt schnibbelten oder mit Lichthupe fast bis auf die hintere Stoßstange fuhren.
»Echt?« Holle lutschte nachdenklich den Tütenrand sauber, während wir langsam weitergingen. »Aber wieso? So schlimm ist die Gärtner doch gar nicht!«
Da hatte sie eigentlich Recht. Irgendwie lief die ganze Unterhaltung total bescheuert. Ich wollte doch mit ihr von unseren guten alten Zeiten quatschen und jetzt redete ich so einen Bockmist!
»Die Gärtner? Die kann erzfies sein, manchmal!«, behauptete ich. »Und die ist außerdem oft so was von strunzlangweilig!«

»Findest du? Ich weiß nicht. Ich finde, du bist manchmal . . . hm, also . . .«
»Was? Was bin ich? Was findest du?«, fragte ich aufgeregt.
Holle biss langsam ein Stück von ihrer Eistüte ab.
»Ich finde, du bist manchmal ziemlich gemein. Du machst Leute schlecht, die das nicht verdient haben.«
»Iiiich???« Vor lauter Entsetzen passte ich nicht auf und etwas von meinem Eis tropfte auf den Gehweg. »Iiich bin gemein?«
Holle nickte nachdrücklich. »Doch, bist du manchmal. Leider. Alix findet auch –«
Das hätte sie nicht sagen dürfen.
»Alix findet auch? Na, lecker. Dann muss es ja stimmen, was? Wenn Alix findet, dass ich so oder so bin, dann hat sie wohl bestimmt Recht, was? Dann ist es ja auch ganz egal, ob sie mich erst eine Woche kennt oder ein paar Jahre, nicht?«
Ich hatte mich in Wut geredet und es war mir total egal, dass das Eis vor mir auf den Weg kleckerte.
»Reg dich mal wieder ab«, sagte Holle und grinste. »Du bist in letzter Zeit immer schrecklich empfindlich. So etepetete. Sei doch einfach mal ganz entspannt, ja?«
»Du kannst mir mal ganz entspannt den Buckel runterrutschen!«
Mir war jetzt alles egal.
Unglaublich!

Empörend!
Jetzt verkroch sich Holle mit ihrer Meinung von mir schon hinter dem Urteil dieser Zimtziege.
»Geh doch zu deiner doofen Alix und tratsch mit ihr über mich und meine Macken! Und wenn euch keine mehr einfallen, dann könnt ihr ja welche erfinden!«
Wir waren beide stehen geblieben und sahen uns an. Mir dröhnte mein Herzschlag in den Ohren. Wenn Holle jetzt nur den kleinsten netten Piep von sich gab, würde ich alles vergeben und vergessen! Ich wollte doch mit ihr zusammen sein, wieder mit ihr kichern und mit ihr Geheimnisse haben, die niemand sonst kannte. Wenn sie doch jetzt bitte, bitte nur ...
»Das tun wir nicht. Aber vielleicht demnächst, wer weiß«, sagte Holle ganz cool. Dann holte sie tief Luft, schaute mich bitterböse an und rannte los. Ich sah ihr nach, sah, wie ihr Rucksack auf ihrem Rücken auf und ab hüpfte, während in meinem Kopf alles durcheinander wirbelte.
Na toll.
Das hatte ich ja klasse hingekriegt. Endlich mal wieder was mit Holle unternehmen, damit sie merkte, dass ich ihre beste Freundin war. Super.
Die rannte jetzt bestimmt schnurstracks zu Alix und erzählte ihr, was ich eben für ein Eigentor geschossen hatte. Und dann lachten die beiden vielleicht über mich und fanden mich so richtig doof.

Ich trat mit aller Wucht gegen den metallenen Papierkorb am Gehwegrand, dass es nur so schepperte. Durch meinen Fuß zuckte ein widerlicher Schmerz, aber ich dachte nur: Ist egal. Kümmert eh keinen, wenn ich mir die Knochen breche.

Ich bin Holle ja wurscht.

Ich spürte, wie mir das Wasser in die Augen stieg, aber ich wollte auf keinen Fall auf offener Straße losheulen. Ich pustete mir Luft nach oben ins Gesicht und dachte ganz angestrengt an etwas Schönes: an was Schönes, aber was? Verdammt noch mal, was Schönes, ach klar, ich hatte ja morgen Nachmittag um fünf Training. Ich freute mich jetzt ganz wahnsinnig aufs Training und mir war überhaupt kein bisschen nach Heulen. Sollte die blöde Holle von mir aus zu ihrer blöden Alix rennen – war mir doch so was von schnuppe.

Ich schaffte es auch wirklich bis nach Hause und war froh, dass heute Mittwoch war, weil Mama mittwochs immer bis vier Uhr arbeitet. Anton und Merle waren sowieso immer bis vier im Hort.

Ich war allein.

Ich rannte die Treppe hoch in mein Zimmer, schmiss mich aufs Bett und heulte und heulte und heulte.

Holle war gemein zu mir.

Sie wollte mich nicht mehr.

Sie wollte bloß noch Alix.

Ich war ganz allein.

Alix

Sobald ich zu Hause die Wohnungstür aufmachte, sank mir das Herz in die Hose: Alles war dämmrig, alle Vorhänge zugezogen, alle Rollläden halb runtergelassen, alles stumm und still.
Das bedeutete, dass Mama einen Migräneanfall hatte und dass sie schrecklich litt und dass ich nichts daran ändern konnte, auch wenn ich mir noch so viel Mühe gab.
»Alix, du?«, hauchte da auch schon eine kaum hörbare Stimme aus dem Schlafzimmer.
»Ja«, sagte ich leise und stieg über die Kisten und Kartons von unserem Umzug, die immer noch im Flur gestapelt standen.
Vorsichtig stieß ich die angelehnte Tür zum Schlafzimmer auf und sah in dem matten Dämmerlicht die Gestalt auf dem Bett. Die Tür knarrte ein bisschen und ich stieß gegen einen Karton, der zwischen Tür und Bett stand. Sofort griff sich Mama stöhnend an die Stirn.
»Leise«, wimmerte sie. »Sei doch leise.«
Ich gab keine Antwort, denn was sollte man auch dazu sagen? Ich konnte mich nun mal nicht völlig geräuschlos

in einer erst halb eingerichteten, verdunkelten Wohnung bewegen und außerdem beschwerte sich Mama sowieso immer über alles, wenn sie so einen Anfall hatte.

»Kann ich dir irgendwie helfen?«, flüsterte ich. »Einen Umschlag machen? Tabletten holen?«

Ihre Lider flatterten leicht und sie stöhnte.

»Wasser.«

Ich tastete mich so leise wie möglich aus dem Schlafzimmer und suchte in der Küche nach einem sauberen Glas, dann füllte ich es mit Wasser und brachte es ihr. Sie richtete sich halb auf und trank ein paar Schlucke.

»Ich sterbe«, hauchte sie. »Ich halte das nicht mehr aus.«

Ich auch nicht, hätte ich am liebsten geschrien, aber das tat ich natürlich nicht. Ich hatte schließlich keine Schmerzen, ich brauchte bloß Mamas Qualen auszuhalten, selber litt ich ja nicht.

Von Mal zu Mal wurden ihre Migräneanfälle auch für mich unerträglicher und ich wusste nicht, was ich noch tun konnte, um ihr das Leben zu erleichtern. Schon meine Anwesenheit war ihr anscheinend zu viel.

»Soll ich die Küche weiter einräumen?«, fragte ich leise.

Sie nickte kaum merklich.

»Aber mach alle Türen zu«, hauchte sie.

»Klar.« Ich beugte mich vor, um ihr einen Kuss auf die Wange zu geben, aber sie drehte den Kopf weg.

»Lass. Das tut weh. Alles tut weh.«

Ich verdrückte mich und klinkte die Tür leise hinter mir

ein. Dann schloss ich die Küchentür genauso unhörbar. Anschließend machte ich mich seufzend daran, die letzten Kartons aus- und in die Schränke einzuräumen. Geschirr – Achtung, das klirrt!, Vorräte – Vorsicht, die Dosen scheppern! Töpfe – langsam, ganz langsam, bloß nicht klappern! Küchengeräte, Achtung! – nichts darf einen Ton von sich geben.
So arbeitete ich mich von einer Kiste zur nächsten und dankte den Vormietern, die uns eine mit Wandschränken möblierte Küche mitsamt Speisekammer hinterlassen hatten, denn wenn ich auch noch die Schränke hätte eindübeln müssen, hätte ich blöd dagestanden. Bei Regalen kann ich das schon ganz gut, aber bei so großen Möbeln traue ich mir das noch nicht zu.
Während ich räumte, sortierte, schob und rückte, lauschte ich ständig mit einem Ohr in Richtung Schlafzimmer, aber die Edle von dem Knesebeck gab keinen Laut von sich.
Wenn ich mich nicht total auf die Arbeit konzentrierte, merkte ich, wie viele widersprüchliche Gefühle mich zu überrollen drohten.
Sie tat mir unendlich Leid.
Ich hasste sie.
Mir blutete das Herz, wenn ich sie so sah wie vorhin.
Aber ich wünschte sie meilenweit weg.
Sie und ihr Leiden waren schuld daran, dass Papa uns verlassen hatte.

Nein, das stimmte nicht. Die beiden hatten sich nicht mehr lieb gehabt, unabhängig von Mamas Krankheit. Papa hatte eine Neue gefunden.
Deshalb waren wir hierher gezogen, weil Mama es nicht in einer Stadt mit Papa und seiner Neuen ausgehalten hatte. Mit seiner neuen Freundin.
Während sich meine Eltern damals dem Ende ihrer Ehe entgegenzankten, hatte ich mich oft gefragt, was wohl aus mir würde, wenn es zum Schlimmsten käme. Aber als es dann zum Schlimmsten kam und sie mir ihre Trennung mitteilten, fragte mich keiner, bei wem ich in Zukunft bleiben wollte. Beide dachten offenbar, es wäre selbstverständlich, dass ich bei Mama bliebe.
Sie brauchte mich.
Sie litt.
Ich war ihr eine Stütze, eine Hilfe.
Wenn sie mich gefragt hätten, was hätte ich gesagt?
Dass ich zu Mama wollte?
Nein.
Aber ich hätte mich nie getraut zu sagen, dass ich zu Papa wollte. Seine neue Freundin riss mich nicht gerade vom Hocker, aber sie lachte oft und laut und machte überhaupt einen ziemlich fröhlichen Eindruck.
Bei ihr gab es kein Gemecker wegen Türenknallen oder Weckerklingeln.
Mama war eigentlich fast nie fröhlich.
Auch wenn sie keinen akuten Migräneanfall hatte, war sie

meistens bedrückt und beklagte sich über tausend und ein Wehwehchen.
Definitiv eine depressive Aura.
Wenn ich sie so sah wie eben auf ihrem Bett, dann zerfloss ich einerseits vor Mitleid. Andererseits aber hatte ich immer öfter einen ziemlich gemeinen Verdacht.
Diese Migräneanfälle kamen nämlich auffallend oft, wenn es bei von dem Knesebecks was zu tun gab, was nicht mit Aquarell- oder Ölmalerei oder Petit-Point-Stickerei oder Klavierspielen zu tun hatte.
Richtige blöde Arbeit wie Schränke einräumen oder Staub saugen zum Beispiel. Dann war Mama immerzu leidend und ich musste ran. Mittlerweile hatte ich mich schon fast daran gewöhnt, dass ich meistens abwusch, Staub saugte, Böden wischte oder die Wäsche aufhängte und abhängte und wegräumte.
Aber eine ganze neue Wohnung einräumen war doch erheblich mehr Arbeit und ich stöhnte bei dem Gedanken, dass Mama mindestens die nächsten beiden Tage ausfallen würde und ich alles allein schaffen musste.
Elender Mist!
DRRRRRIIIIING!!!
Verdammt, die Türklingel.
Wer . . .?
Ich rannte schnell zur Tür, damit nicht noch mal geklingelt wurde.
Ein Mann mit einer Art von dickem Aktenkoffer stand

davor und sagte: »Bin ich hier richtig? Von dem Knesebeck?«
Ach, du liebes bisschen, das war bestimmt der Klavierstimmer!
»Herr Hahne?«, fragte ich vorsichtshalber.
»Ebenderselbe.« Er grinste. »Darf ich reinkommen oder gibt es bei euch gar kein Klavier?«
»Doch, äh, entschuldigen Sie bitte«, stotterte ich und hielt die Tür auf. Dann ging ich voran ins Wohnzimmer. Das war das eine Zimmer in unserer neuen Wohnung, das schon fix und fertig eingerichtet war. Das andere war das Atelier – kein Wunder, hier verdiente Mama ja auch das Geld für unser Leben. Jedenfalls, wenn sie nicht gerade leidend auf dem Bett lag.
Mama malt nämlich Porträts von den Kindern reicher Leute. Andere können sich so einen Schnickschnack ja auch gar nicht leisten. Die sind schlau und hängen sich ein Foto von ihren Gören an die Wand, was ich persönlich viel intelligenter finde als eins von Mamas Bildern für viel Geld malen oder rahmen zu lassen, auf dem die lieben Kleinen artig im Sessel oder auf dem Klavierschemel sitzen oder auf dem Teppich hocken und einen Hund kraulen. Den Hund malt Mama natürlich immer erst später rein, wenn das Kinderporträt schon fertig ist.
»Oh, ein Bösendorfer«, sagte Herr Hahne und pfiff anerkennend durch die Zähne.
»Alix«, maunzte es gequält aus dem Schlafzimmer und ich

sagte: »Bitte entschuldigen Sie mich einen Moment, meiner Mutter geht es nicht gut, ich muss mal kurz zu ihr.«
»Ja, ja«, sagte der Herr Klavierstimmer geistesabwesend. Er hatte den Deckel hochgeklappt und drückte bereits auf die Tasten.
Ich verschwand aus dem Wohnzimmer und schloss vorsichtig erst diese und dann die Schlafzimmertür hinter mir.
»Wer?«, stöhnte Mama.
»Der Klavierstimmer«, sagte ich.
»Aber doch nicht heute! Wieso hast du ihn denn nicht weggeschickt?«, wimmerte Mama und presste die Hände gegen die Schläfen.
»Weil du Tod und Teufel in Bewegung gesetzt hast, damit er heute kommt«, flüsterte ich genervt. »Hast du das vergessen? Er hatte erst in drei Wochen Zeit und da hast du ihn so lange bequatscht, bis er dir den früheren Termin gab.«
»Bequatscht«, hauchte sie vorwurfsvoll. »Du drückst dich oft so vulgär aus. Wie lange dauert denn dieses Geklimper?«
Ganz gedämpft konnte man hören, wie jemand Tonleitern spielte.
»Weiß ich nicht. Normalerweise dauert es immer so zwei Stunden. Und es kostet Geld«, sagte ich noch vorsichtshalber. Ich wusste nie genau, wie viel Geld Mama verdiente oder wie viel sie im Haus hatte.

»Das überweise ich dann«, sagte sie ganz leise. »Lass dir die Rechnung geben. Und mach mir bitte einen Umschlag, ja?«

»Kommt sofort«, sagte ich.

Ich war erleichtert, denn wenn sie solche Aufträge erteilt, ist sie schon wieder auf dem aufsteigenden Ast. Vielleicht war es ja auch die Aussicht auf ein gestimmtes Klavier, die ihr wieder Auftrieb gab.

Mama spielt leidenschaftlich gern Klavier. Eigentlich hatte sie Pianistin werden wollen, aber durch die Heirat mit Papa und weil dann ich kam, musste sie diese Pläne aufgeben und wandte sich stattdessen der Malerei zu.

Ich packte Eiswürfel in eine Plastiktüte und wickelte ein Leintuch darum. Den Umschlag legte ich vorsichtig auf ihre Stirn und darüber ein Handtuch.

Sie seufzte, aber sie jammerte nicht mehr – auch ein gutes Zeichen.

»Ist es okay, wenn ich nachher zu Holle gehe? Wenn das Klavier fertig gestimmt ist?«

»Holle?«, flüsterte sie.

»Du weißt doch, das nette Mädchen aus meiner Klasse. Wir wollen Mathe zusammen machen.«

»Hmmm. Sogar Mathe ist besser als so eine trübselige Mama, was?«

»Sag doch nicht so was. Du weißt doch, Mathe ist eins von meinen Lieblingsfächern.« Ich streichelte ihr über

die Hand. »Ich komm zwischendurch noch mal rein und seh nach, ob du was brauchst.«
»Stille und Ruhe und Ruhe und Stille«, murmelte Mama.
Ich ging leise zur Tür und verschwand.
Herr Hahne hatte den Flügel inzwischen ganz aufgeklappt und steckte mit dem Kopf zwischen den Saiten.
»Brauchen Sie irgendwas?«, fragte ich. »Möchten Sie einen Tee oder Kaffee?«
Er richtete sich auf und schaute mich erstaunt an.
»Das ist aber nett. Doch, einen Kaffee trinke ich gern«, sagte er und lächelte.
Ein nettes Lächeln.
Überhaupt machte er einen wunderbar normalen Eindruck. Trotz seines außergewöhnlichen Berufs. Er hatte dunkle, mit Grau gesprenkelte, gewellte Haare, einen Dreitagebart und eine Brille.
Echt nett.
Während ich die letzte Kiste in der Küche ausräumte und die Kaffeemaschine die dunkle Flüssigkeit in die Glaskanne tropfen ließ, überlegte ich, wie es wäre, wenn man mittags aus der Schule nach Hause käme und sich an einen gedeckten Tisch setzen würde.
Aber wenn hier jemand mittags den Tisch deckt, dann bin ich das.
Wenn ich es nicht tue, tut es keiner. Und wenn jemand hier kocht, bin das meistens auch ich.
So ist das eben.

Holle

Nee, neee, nee!
Linda kann aber auch biestig sein!
Und ungerecht!
Warum kann sie denn Alix nicht ausstehen?
Ich finde Alix nett!
Die ersten paar hundert Meter rannte ich, aber dann ging mir die Puste aus und ich lief langsamer weiter.
Linda war auch gar nicht hinter mir hergelaufen, die stand wahrscheinlich immer noch da und glotzte.
Bloß weil ich mir nicht mehr dauernd alles von ihr sagen ließ.
Weil sie nicht mehr dauernd alles bestimmte und ich dann brav mitmachte.
Ich hatte es satt.
Schon seit der dritten Klasse lief das so.
Wenn Linda »hüh« sagte, dann wurde hüh gemacht, und wenn sie »hopp« sagte, dann machten alle hopp. Nie fragte sie mich nach meiner Meinung, nie wollte sie wissen, worauf ich Lust hatte.
Na gut, sie war auch immer diejenige gewesen, die mich beschützte. Vor dreisten Jungs und vor ungerechten Leh-

rerinnen. Linda hatte eigentlich vor gar nichts Schiss, und wenn sie etwas ungerecht oder gemein fand, dann sagte sie es laut und deutlich.

Vielleicht hätte ich es ohne Alix nicht so schnell gemerkt, aber die hatte mir da ganz gut auf die Sprünge geholfen.

»Machst du immer alles, was Linda will?«, hatte sie gesagt und den Mund dabei verzogen und die Augen zusammengekniffen.

»Nicht immer«, sagte ich.

»Aber meistens, was?«

»Na ja . . .«

»Was, na ja?«

»Na, sie hat ja auch immer tolle Ideen und so . . .«

»Und du?«

»Was ich?«, fragte ich wie ein Papagei.

»Hast du nie tolle Ideen?«

»Weiß ich nicht, doch, klar, hab ich auch. Warum?«

»Na, dann könnte sie doch auch mal machen, was du willst.«

»Hm.«

Komische Gedanken. Völlig ungewohnt. Linda hatte von Anfang an immer bestimmt, was anlag.

Was wir nachmittags machten.

Ob wir die Bravo oder die Young Miss kauften.

In welchen Film wir gingen.

Ob wir Inlineskaten gut fanden oder nicht, ob wir uns

auch Rollschuhstiefel wünschten, ob es warm genug fürs Freibad war oder ob wir für den nächsten Englischtest noch üben sollten.
Und weil mir immer einleuchtete, was sie wollte, hatte ich mitgemacht.
Aber Alix hatte auch Recht: Manchmal war ich mir eher wie eins von Lindas kleinen Geschwistern vorgekommen und nicht wie eine Freundin, die genauso alt ist wie sie. Und genauso schlau.
Vielleicht war ich ja nicht ganz so schlau wie Linda, aber es gab Sachen, die ich besser konnte als sie.
Doch.
Zum Beispiel Kunst, ich konnte viel besser zeichnen oder modellieren. Linda war bei solchen Dingen immer viel zu ungeduldig. Sie fing die Sachen mit viel Schwung an und erzählte Tod und Teufel, was sie alles machen wollte, aber dann verlor sie die Lust und zum Schluss wurde nur noch gepfuscht.
Im Schwimmen war ich auch besser, Linda traute sich nicht zu tauchen und hatte nur mit Ach und Krach ihr silbernes Schwimmabzeichen gekriegt, weil man da vom 3-Meter-Brett springen muss, und davor hatte sie schrecklich Schiss.
Aber das konnte sie natürlich nicht zugeben, doch nicht Linda, und deshalb hatte sie was von Ohrenschmerzen erzählt und was der Arzt alles gesagt hätte, aber der Merz, unser Sportlehrer, hat sich davon nicht beeindrucken las-

sen. Und zum Schluss musste Linda doch springen, aber sie war hinterher völlig fertig.
Sie hätte ja eigentlich ruhig mal zugeben können, dass sie Schiss hatte, aber nein, das schaffte sie nicht.
Dafür machte sie sich über mich lustig, wenn ich auf der Skaterbahn nicht die Steilwände hochfahren wollte.
Und jetzt diese Eifersuchtskiste wegen Alix.
Dauernd wollte Linda mir Alix mies machen, damit ich mich mit ihr nicht mehr abgab. Damit nur sie selbst meine Freundin war. Aber ich mochte Alix und fand sie auch gar nicht so hochnäsig, wie die andern immer behaupteten.
Als sie mich letzte Woche zum ersten Mal besucht hatte, war sie total begeistert gewesen, dass ich eine Katze habe, eine echte Siamkatze. Sirikit. So hieß mal eine wunderschöne thailändische Königin, hat Mutti erzählt. Und ich fand, der Name passte ganz toll zu meiner Miez, obwohl die Königin garantiert keine blauen Augen hatte wie meine Sirikit. Thailänderinnen haben, glaube ich, braune Augen.
Alix kriegte sich gar nicht mehr ein und hockte stundenlang auf dem Teppich und spielte mit Siri und die stolzierte superelegant durch die Gegend und kringelte den Schwanz und schnurrte ab und zu.
»Ich darf keine Katze haben«, hatte Alix dann erzählt. »Meine Mama hat eine Katzenallergie. Leider. Und Hundehaare verträgt sie auch nicht.«

»Wie wär's denn mit einem Wellensittich?«, hab ich gefragt und gelacht. »Oder ein Papagei?«
»Och, nö«, meinte Alix. »Die kann man ja nicht so schön streicheln. Ich hätte so gern was zum Streicheln.«
Und dabei sah sie ganz traurig aus.
»Du kannst ja immer hierher kommen und mit Siri spielen«, hab ich ihr dann angeboten. »Die kann viele Streichler vertragen.«
»Echt? Das ist nett von dir. Danke.« Richtig gestrahlt hatte sie da.
Und was konnte ich dafür, wenn sie seither fast jeden Tag kam? Linda müsste doch verstehen, dass jemand ganz wild auf ein Tier ist, die hat sich doch selber jahrelang einen Hund gewünscht. Aber Lindas Eltern finden, dass drei Kinder schon anstrengend genug sind, sie wollen nicht noch jemanden im Haus haben, den sie dauernd Gassi führen müssen.
Linda hat Stein und Bein geschworen, dass sie das machen würde, aber ihre Eltern blieben beinhart.
Trotzdem ist sie beleidigt, weil Alix so oft zu mir kommt.
»Dann brauch ich ja nicht mehr zu kommen«, hatte sie patzig gesagt.
»Dann eben nicht!« Ich war richtig wütend auf sie gewesen.
Linda kann eklig schnippisch sein. Dabei weiß ich schon lange, dass sie nicht nur wegen mir gern zu uns kommt.
Und nicht nur, weil sie dann ihre jüngeren Geschwister los ist.

Ich weiß noch einen Grund.
Linda ist in meinen Bruder Joschi verknallt.
Aber Joschi merkt nichts.
Ich glaube, der weiß noch nicht mal, dass Linda schon einen Busen hat und seit einem halben Jahr BHs trägt. Joschi interessiert sich nur für Basketball.
Und für Hip-Hop-Musik.
Zwei Sachen, von denen Linda rein gar nichts versteht.
Aber das ist für eine wie sie noch lange kein Grund, aufzugeben.
Ich seufzte.
Natürlich hatte ich Linda immer noch gern, aber wenn sie so ein Affentheater abzog wie vor dem Eiscafé, ging mir das auf die Nerven.
Vor lauter Grübelei hatte ich gar nicht gemerkt, dass ich schon unsere Straße entlangging. In unserem Briefkasten steckten viele Briefe. Ich nahm sie mit nach oben und legte sie auf die Kommode im Flur.
Niemand war da – klar, heute war ja Joschis Training. Und Mama arbeitet zwar als Verkäuferin nur halbe Tage, aber vor drei Uhr ist sie eigentlich nie zurück, weil sie unterwegs Einkäufe macht und alles Mögliche erledigt.
Siri kam und maunzte wie ein Baby und ich goss ihr Wasser in den Napf und gab einen kleinen Schwupps Milch dazu. Sie schleckte so begeistert, dass ich sofort auch hungrig wurde.
Ich kniff mir in die Hüfte. Leider habe ich nicht Lindas

schlanke Figur und schon gar nicht Alix' rappeldürre. Ich bin nicht dünn. Mutti nennt mich pummelig. Sie lacht immer, wenn das zur Sprache kommt, und sagt: »Das wächst sich aus. Wer mit dreizehn nicht ein paar Pfunde zu viel hat, der kann mit sechzehn keine Formen kriegen!«

Ich stellte mich vor den langen Spiegel im Flur: Also nee, richtig dick war ich nicht.

Ich ging in die Küche und machte mir ein Supersandwich mit Remoulade und gekochtem Schinken. Wegen der Gesundheit legte ich noch ein paar Salatblätter und Tomatenscheiben dazwischen. Es schmeckte himmlisch.

Wer will schon rappeldürr sein?

Ich trank ein Glas Apfelsaft und ging in mein Zimmer, Siri kam mit. Ich legte mich aufs Bett und dachte an Linda und daran, wie gern ich sie eigentlich hatte und wie doof sie sich momentan aufführte, und döste ein.

»NEIN!«

Der laute Aufschrei weckte mich.

Mutti?

Ich stand auf und öffnete meine Tür.

Mutti stand im Flur, ein Blatt Papier in der Hand. Mit der anderen Hand hielt sie sich an der Kommode fest. Sie sah aus, als würde sie gleich umfallen.

»Was ist denn? Mutti?«

Sie drehte sich zu mir um.

»Dieser miese Feigling! Dieser widerliche Kerl! So ein Arschloch!«
Ich starrte sie an. So redete sie sonst eigentlich nie.
»Was hast du denn? Was ist los? Wer ist widerlich?«
Sie sah mich an, aber mit einem ganz seltsamen Blick, als würde sie nicht mich, sondern etwas hinter mir sehen.
»Wer?« Sie lachte. Es war ein ganz böses Lachen. »Herr Maierbeer.«
»Was ist denn mit ihm? Was hat er gemacht?«
Mir war plötzlich ganz elend. So kannte ich Mutti gar nicht, ich bekam Angst. Was in aller Welt war bloß los?
»Na, einmal müsst ihr es ja doch alle erfahren. Maierbeer hat mich entlassen. Ich bin gekündigt. Angeblich, weil der Umsatz das Gehalt nicht mehr trägt. Und dieser miese Feigling hat sich nicht mal getraut, es mir ins Gesicht zu sagen. Dieser Waschlappen!«
»Aber warum denn? Braucht er dich nicht mehr?«
Sie lachte wieder dieses böse, harte Lachen.
»Klar braucht er mich. Aber ich bin ihm zu teuer, ich bin ja eine ausgebildete Kraft, wie man so schön sagt. Wenn er ein junges Mädel nimmt und anlernt, braucht er der nicht so viel zu bezahlen. Ach, ich fasse es nicht!«
Auf einmal war die ganze Wut aus ihrem Gesicht verflogen und sie sah schrecklich traurig aus. Ein paar Tränen liefen über ihre Wangen.
»Mutti!« Mit einem Satz war ich bei ihr und drückte sie ganz fest und spürte auch einen Kloß im Hals.

Blöder Maierbeer!
Was fiel dem eigentlich ein! Meine Mutti einfach rauszuschmeißen! So was Ungerechtes!
»Sei nicht traurig! Bitte nicht! Es gibt doch noch tausend andere Boutiquen und Geschäfte und Kaufhäuser! Da findest du doch ganz leicht wieder einen Job! Bestimmt!«
Mutti drückte mich an sich. Sie lachte ein bisschen. Es hörte sich jetzt nicht mehr böse an. Nur traurig. Ein trauriges Lachen.
»Da bin ich mir nicht so sicher. Viele Leute suchen nach einer Arbeit. Die Ladenbesitzer haben bestimmt nicht auf mich gewartet.«
»Ach, Mutti!« Ich drückte mein Gesicht gegen ihre Schulter.
»Was soll's!« Ich merkte, wie sich ihr Körper straffte. »Wir sind schließlich alle gesund, das ist doch das Wichtigste. Und mit dem Job – schaun mer mal!«
Sie schob mich etwas von sich weg.
»Komm, wir kochen uns erst mal einen guten, starken Tee!«
Ich musste jetzt auch lachen.
Tee ist bei Scherers schon immer das Allheilmittel für alles gewesen, was einem verquer kommt. Ob bei aufgeschürften Knien, einer Fünf in Mathe oder drei Tagen Mistwetter: Mit einem Tee lässt sich alles leichter ertragen, auch wenn man seinen Job verloren hat.
Während wir am Küchentisch unseren Tee schlürften,

kam Joschi nach Hause. Mutti erzählte ihm auch gleich, was passiert war.
»Oh, Mist!«, knurrte er wütend. »Dann kann ich mir die Freizeit ja sonst wohin schmieren.«
»Wieso?«, fragte ich.
»Na, weil das Geld kostet, du Träne«, sagte er. »Und davon wird es ab sofort weniger geben.«
Mutti seufzte.
»Da hast du leider Recht«, sagte sie. »Aber mach mal keine Panik! Deine Freizeit machst du, und wenn ich an meinen Sparstrumpf gehen muss! Das wäre ja gelacht!«
Joschi setzte sich zu uns und trank auch eine Tasse Tee.
»Wie Vati das wohl aufnehmen wird?« Mutti rührte mit dem Teelöffel in ihrer Tasse und seufzte wieder. »Dann wird das mit dem neuen Auto nächstes Jahr erst mal nichts.«
»Nun mal den Teufel doch nicht an die Wand!«, sagte Joschi. »Wer weiß, was nächstes Jahr ist. Du findest bestimmt bald was Neues.«
Mutti stand auf und tat so, als würde sie eine Rede halten. »Liebe Mitbürger und Mitbürgerinnen! Ich danke euch für euer Vertrauen«, sagte sie. »Möge es gerechtfertigt sein.«
Siri sprang auf meinen Schoß und ich kraulte sie, Joschi erzählte, wie der Trainer ihn heute gelobt hatte und dass er jetzt richtig gut dunken könnte.
»Danken?«, fragte ich verdutzt.

»Ja, aber es wird mit u geschrieben und ist Englisch und heißt so viel wie reinhauen«, sagte er und grinste. »Rein in den Korb, weißt du.«

»Klar«, sagte ich. »Dunk, dunk, dunk.«

Es klingelte.

»Bestimmt eine Tussi für Holle«, sagte Joschi. »Dann verdrück ich mich mal lieber auf mein Zimmer.«

Ich ging zur Wohnungstür und nahm den Hörer ab. »Ja?«

»Ich bin's, Linda.«

Ich war baff.

Aber irgendwie freute ich mich auch.

»Komm rauf.«

»Okidoki«, sagte sie noch, aber ich übertönte sie mit dem Summer.

Linda

Heulen ist ganz schön anstrengend.
Irgendwann ist man total leer und total k. o.
Ich setzte mich auf, angelte mir das T-Shirt von gestern, das vor dem Bett lag, und putzte mir die Nase.
Dann schaute ich mich um.
Bei mir sah es aus wie bei Hempels unterm Sofa.
Ohne die geringste Lust stand ich auf und fing an aufzuräumen. Warum machte ich das eigentlich?
Holle kam bestimmt nicht vorbei.
Und sonst hatte ich keine Freundinnen. Holle und ich – das hatte mir immer gereicht.
Trotzdem machte ich aus den dreckigen Klamotten einen Haufen, die sauberen oder fast sauberen kamen zurück in den Schrank und dann sammelte ich die CDs und Kassetten ein, die alle auf dem Boden lagen. Die Illustrierten packte ich auf einen Stapel, das Buch stellte ich ins Regal und allmählich sah es bei mir wieder richtig hübsch aus.
Bloß weil ich sauer auf Holle war, brauchte ich ja mein Zimmer nicht vergammeln zu lassen, oder? Ich entdeckte neben dem Schrank einen Apfelgriebsch und einen leeren Joghurtbecher und brachte das in den Abfall.

So.
Und nun?
Ich legte mich aufs Bett und schaltete das Radio ein – aber auf jedem Sender war ödes Zeug.
Dann ging ich ins Wohnzimmer und machte die Glotze an: Talkshows von der allerblödesten Sorte.
»Ich liebe den Mann meiner Schwester« – na, von mir aus. Fragt sich bloß, was die Schwester davon hält. Interessierte mich aber nicht besonders.
Ich schaltete wieder aus und sah auf die Uhr.
Halb vier. Bald kamen die Kleinen aus dem Hort und Mami aus der Kanzlei, wo sie als Steuerberaterin arbeitet. Als Mitarbeiterin von Papas Sozius, mit dem er eine Rechtsanwaltspraxis für Steuerrecht hat. Bloß dass Papa ganztags arbeitet. Mami sagt immer, eigentlich wäre es anderthalbtags, weil er sich auch immer noch Arbeit mit nach Hause bringt.
Ich ging zum Spiegel im Bad und zog ganz fiese Grimassen.
Nee, ich hatte null Bock auf Anton und Merle und ihre Streitereien und ihr Getrampel und Gebrüll und Gelächter.
Das war auch einer der Gründe gewesen, warum ich immer so gern zu Holle gegangen bin. Weil bei ihr keine kleinen Ungeheuer rumturnen. Bloß ein älterer Bruder.
Ich finde Joschi . . .
Eigentlich finde ich ihn doof.
Aber er sieht ganz gut aus.

Er hat mir schon mal einen Kaugummi geschenkt.
Er kann auch nett sein.
Eigentlich würde ich ihn gern ein bisschen näher kennen lernen.
Aber das geht ja nicht hier in unserer Wohnung, oder?
Ich zog mit den Fingern die Haut unter den Augen runter und drückte gleichzeitig die Nase nach oben. Dazu verdrehte ich die Augen und sagte mit einer ganz tiefen Stimme: »Lieber Joschi, hast du schon mal ein so bezauberndes weibliches Wesen gesehen?«
Ich glaube, Joschi weiß gar nicht, wie ich aussehe. Aber vielleicht merkt er ja eines Tages trotzdem, dass ich eine Superbiene bin.
Leider kann ich nicht Basketball spielen. Dazu müsste ich in einen Klub oder einen Verein und so groß ist der Druck, ehrlich gesagt, nun auch wieder nicht. In der Schule sind wir im Sportunterricht mal ein bisschen vor dem Korb rumgehopst, aber das war kein richtiger Basketball.
Für was anderes als seine Mannschaft oder seine Musik scheint sich Joschi allerdings nicht zu interessieren. Oder Holle rückt damit nicht raus.
Ich ließ die Einzelteile von meinem Gesicht wieder an die gewohnten Plätze rutschen und schnüffelte ein bisschen, um wieder ein Gefühl für meine Nase zu kriegen.
Ach was, ganz egal, alles blöder Mist – ich ging jetzt einfach zu Holle.
So wie immer.

Vielleicht blieb die Gnädige von und zu ja heute mal zu Hause bei ihrem Klavier und Holle war allein. Ich würde einfach zu ihr gehen, so wie immer, als ob nix passiert wäre. Ist ja eigentlich auch nichts passiert.

Bloß dass Holle in letzter Zeit dauernd mit der doofen Alix zusammensteckt.

Bloß dass ich mich heute blöde aufgeführt habe.

Bloß dass ich irgendwo tief drinnen schrecklich traurig bin, weil ich mir gar nicht vorstellen kann, wie ein Leben ohne Holle ist.

Diese Alix nagele ich einfach an die Wand.

Ich werde so lieb und nett und freundlich sein wie ...

Wie wer?

Wie Holle?

Okay, ich werde so lieb und freundlich sein, wie es nur geht.

Ich nehme mir das jetzt ganz fest vor.

Keine Beleidigungen.

Keine Frechheiten.

Keine blöden Blondinenwitze.

Auch wenn Alix die Einzige von uns mit blonden Haaren ist.

Ich werde mich tadellos benehmen und Holle weiß dann wieder, dass ich ihre beste Freundin bin.

Ich ging zur Garderobe und zog die Jeansjacke mit den vielen Nieten an.

Schadet ja nichts, wenn man gut aussieht.

Konnte ja sein, dass Joschi irgendwann aufkreuzte.

Alix

Endlich, endlich, endlich war Herr Hahne fertig.
»Einen schönen Flügel habt ihr da«, sagte er, während er ein letztes Mal über die Tasten strich. Dann klappte er den Deckel zu.
»Ja«, sagte ich.
Mir war der Flügel eigentlich gleichgültig.
Vor ein paar Jahren hatte Mama mich zum Klavierunterricht geschickt, aber ich hatte mich nicht besonders begabt angestellt und die Lehrerin hatte nach ein paar Monaten über meine Klimperei zu Mama gesagt: »Bestenfalls Durchschnitt.«
Und »Durchschnitt« unterrichtete sie selbstverständlich nicht, zu ihr kamen nur Genies.
Mama hatte geseufzt und mich traurig angesehen, denn sie hatte sich natürlich eine hoch begabte Tochter gewünscht, weil sie selber doch so hoch begabt ist.
Ich hatte mich damals schrecklich geschämt, aber das Klavierspielen hatte wirklich keinen Spaß gemacht, ich fand diese Etüden furchtbar langweilig, die ich immer üben musste.
Ich sagte Herrn Hahne, dass Mama ihm das Geld überwei-

sen würde, und ließ mir von ihm die Rechnung geben. Dann brachte ich ihn zur Tür. Er zwinkerte mir zu, wünschte mir fröhliches Klavierspielen und ging schon die Treppe runter, während ich die Wohnungstür ganz leise schloss.

Als ich mich umdrehte, stand Mama in der offenen Schlafzimmertür, presste mit der einen Hand den Eisumschlag gegen die Stirn und stützte sich mit der anderen am Türrahmen ab.

»Endlich!«, sagte sie erschöpft.

»Möchtest du was? Kann ich dir was Gutes tun?«, fragte ich automatisch.

»Ach – vielleicht einen Tee, einen Rotbuschtee«, sagte sie leise.

»Wird gemacht, kommt sofort«, sagte ich schnell.

»Bitte leiser.« Sie sah mich vorwurfsvoll an.

In meinem Magen krampfte sich alles zusammen, ich hätte am liebsten geheult oder die Flurkommode an die Wand geschmissen. Stattdessen schob ich – leise, natürlich – einen Karton zur Seite und ging in die Küche.

Als ich das kochende Wasser in die Kanne goss, klingelte das Telefon. Ich rannte rasch zur Station auf der Kommode, aber Mama war mir zuvorgekommen.

»Sie?«, sagte sie. »Wie reizend.«

Ich blieb wie angenagelt stehen.

Eben hatte sie noch das leidende Elend zur Schau getragen und jetzt lächelte sie auf einmal charmant in den Hörer.

»Doch, natürlich können wir über den Auftrag reden.«

Sie malte mit dem Kuli Kringel auf den Telefonblock.

»Ja, das passt mir ausgezeichnet. Dann also bis halb fünf.«

Sie verzog den Mund zu einem Lächeln.

»Ich freue mich auch.«

Sie legte den Hörer wieder auf die Station, drehte sich um und sah mich im Flur stehen.

»Bist du bitte so lieb und räumst das hier noch weg? Sei ein Schatz. Ich bekomme nachher nämlich Besuch von einem wichtigen Kunden. Wahrscheinlich ein größerer Auftrag.« Sie drehte sich zum Spiegel um und musterte ihr Gesicht. »Du lieber Himmel, ich sehe ja schrecklich aus!«

»Ja«, sagte ich. »Das Elend auf zwei Beinen. Aber er will ja wohl kein Porträt von dir, oder?«

»Alix!«, sagte sie entgeistert. »Was hast du denn?«

Ich war selber baff. So hatte ich noch nie mit ihr gesprochen.

»Ich weiß nicht«, sagte ich feige. »Ich freue mich, dass es dir schon wieder so viel besser geht.«

»Na, so hat sich das eben aber nicht angehört«, sagte sie. »Räum rasch hier auf, dass wir uns nicht schämen müssen. Ich sehe mal zu, wie ich mich ein bisschen präsentabel machen kann.«

Mach nur, knurrte ich in mich rein, während ich die Kartons in ihr Schlafzimmer schob. *Mach dich schön. Du hast ja mich für die gröberen Arbeiten.*

Aber gleichzeitig kam ich mir gemein vor, weil ich mich nicht freute, dass es ihr wieder besser ging.
Als der Flur frei von Kisten und Kartons war, rief ich: »Tschüss, ich geh dann jetzt!«
»Tu das, meine Süße«, sagte sie aus dem Bad. »Nimm dir Geld und kauf was zum Abendbrot ein, ja?«
»Na klar doch«, rief ich zurück und nahm mir 20 Euro aus ihrem Portmonee. Die Süße macht alles, kein Problem. Die Edle von dem Knesebeck hat schließlich was Besseres zu tun, als für ein schnödes Abendessen zu sorgen.
Ich zog die Wohnungstür leise hinter mir zu und schlug die Richtung ein, wo Holle wohnt. Wir waren zwar nicht verabredet, aber sie würde hoffentlich zu Hause sein.
Unterwegs überlegte ich, was es heute Abend zu essen geben sollte.
Bauernfrühstück?
Oder Spaghetti?
Mal sehen.
Als ich vor dem Mietshaus ankam, in dem Scherers wohnen, war mir trotz des kühlen Märzwetters ganz warm, so sehr hatte ich mich beeilt.
Gerade als ich klingeln wollte, kam eine junge Frau mit Kinderwagen aus der Haustür heraus. Ich hielt ihr die Tür auf, rannte dann die Treppen hoch und klingelte im dritten Stock.
Die Tür ging auf.

»Ach, du bist es«, sagte Linda.

»Ja«, sagte ich. »Was dagegen?«

»Würde mir eh nichts nützen«, zischte sie.

»Wer ist es denn, Linda?«, rief Holle aus der Küche.

»Die Edle«, knurrte Linda und hielt mir die Tür auf. »Dann komm schon rein.«

Eine Zehntelsekunde lang hatte ich überlegt, ob ich nicht wieder gehen sollte, aber der Gedanke an Mama und ihren Kunden war nicht besonders verlockend.

Ich sah Linda in die Augen und lächelte. »Danke.«

Holle

Ich kochte erst mal eine neue Kanne Tee.
Linda und Alix saßen am Küchentisch auf der Eckbank, Mutti saß auf ihrem Stuhl, auf dem sie immer sitzt, und Joschi lehnte am Fenster.
Unsere Küche war rappelvoll.
»Wir sind alle ein bisschen durcheinander«, sagte Mutti. »Mir haben sie nämlich heute gekündigt.«
»Oh, wie gemein«, sagte Alix.
Linda sah Alix an, Alix lächelte bedauernd und ich hätte die beiden am liebsten rausgeschmissen. Ihre Zickereien konnte ich jetzt echt nicht brauchen.
»Sie?«, sagte Joschi. »Das war einzig und allein der blöde Maierbeer, Muttelchen.«
»Den Laden sollte man ab jetzt einfach boykottieren«, sagte Linda.
Typisch, Linda denkt immer praktisch, die hat immer solche Einfälle.
Mutti lächelte und seufzte.
»Ich glaub nicht, dass er das merken würde«, sagte sie.
»Was ist das denn für ein Geschäft?«, fragte Alix.
»Ach richtig, du bist ja neu hier«, sagte Mutti. »Das ist ein

Laden in der Innenstadt, der heißt *Donna Bellissima* und verkauft große Größen. Für übergewichtige Damen, die sich schick anziehen wollen. Solche wie mich.« Sie sah an sich runter und lachte. »Ach, Hauptsache, keine Zahnschmerzen. Man darf sich von solchen Sachen nicht die Laune verhageln lassen, schließlich sind wir deshalb nicht plötzlich bettelarm und am Verhungern. Und: Auf jeden Abend folgt ein Morgen! Daran sollte man immer denken. Wisst ihr, was? Ich lade uns alle zu Zitronenrollen ein, ja? Joschi, lauf mal eben zum Bäcker und kauf welche.«

Aber Joschi hob abwehrend die Hände. »Kann das nicht Holle machen? Ich kann sowieso nicht mitessen, ich bin gleich mit meinen Kumpels verabredet.« Typisch.

»Dann gehe ich«, sagte Alix und stand auf. »Du kannst mir ja zeigen, wo das ist. Okay?«

»Klar«, sagte Joschi. Er sah Alix genauer an und lachte. »Hat dir schon mal jemand gesagt, dass du wie ein Weihnachtsengel aussiehst?«

»Nur ungefähr 387 Leute«, sagte Alix und grinste, während sie sich mit der Hand über ihre hellblonden Kräusellocken fuhr.

Ich sah, wie Linda Alix bitterböse ansah. Bestimmt ärgerte sie sich, dass ihr das mit dem Einkaufen nicht selber eingefallen war. Aber Linda lässt sich gern ein bisschen bedienen, das weiß ich schon lange. Ihre Ausrede dabei ist, dass sich bei ihr zu Hause angeblich alles um die bei-

den Kleinen dreht und dass sie nur eine Nebenrolle spielt.
Linda und Nebenrolle – das ist ja zum Kichern!
Joschi und Alix verschwanden und Linda starrte mit wütendem Gesichtsausdruck vor sich auf den Tisch.
Heimlich musste ich grinsen. Da verzehrt sie sich seit Wochen und Monaten nach einem netten Wort von Joschi – das weiß ich ganz genau! – und nichts passiert. Und dann kommt Alix und kriegt von ihm Komplimente!
Aber bestimmt würde Linda Alix jetzt noch weniger leiden können und alles an mir auslassen.
Ich hatte das langsam satt! Schließlich gab es Wichtigeres auf der Welt als diese beiden Zimtzicken! Ich goss den Tee auf, stellte die Kanne auf den Tisch und drückte Mutti einen Schmatz auf die Wange.
»Es wird nichts so heiß gegessen, wie es gekocht wird«, sagte ich.
»He!« Sie lachte. »Für Sprichwörter bin doch ich zuständig!«
»Na und? Sie gelten doch auch noch, wenn ich mir mal eins borge, oder?«
»Hoffentlich!« Sie tätschelte meine Hand. »Mal sehen, wie Vati das aufnimmt. Das macht mir momentan die meisten Sorgen!«
»Der freut sich bestimmt, wenn du ihm jetzt jeden Tag sein Lieblingsessen kochst«, sagte ich.
Mutti lachte, aber nicht sehr fröhlich.

»Meinst du? Ich koch ja gern und von mir aus auch sein Lieblingsessen, aber ich hab das sehr genossen, dass ich mal aus unserer Wohnung rauskam. Dass ich auch noch was anderes kann als putzen, waschen und kochen.« Sie seufzte. »Und er hat sich auch immer gern die verrückten Geschichten erzählen lassen, die ich mit den Kundinnen manchmal erlebte. Auf einmal war er nicht mehr der Einzige, der abends was zu erzählen hatte, und das hat uns beiden gut getan. Ganz zu schweigen . . .« Sie hörte auf zu reden und starrte auf den Tisch.

»Ganz zu schweigen?«, wiederholte ich. Mir war wieder ganz elend zu Mute.

»Na, ganz zu schweigen von meinem Gehalt natürlich. Es war zwar keine Stargage, aber es hat uns doch ganz gut getan. Wir konnten uns damit viele kleine Extras leisten.« Sie schaute mich an und verzog die Mundwinkel. »Aber es wird ja nichts so heiß gegessen, wie es gekocht wird, nicht wahr?«

Sie lächelte und ich lächelte auch. Und dann deckte ich den Tisch mit dem guten Geschirr und setzte schon mal vorsorglich Wasser auf, während Mutti und Linda nach Sprichwörtern suchten, mit denen man sich Mut machen kann.

»Erstens kommt es anders, zweitens als man denkt«, schlug Linda vor.

»Na ja«, sagte Mutti. »Das bezieht sich vielleicht eher auf die vermaledeite Kündigung. Nein, ich würde sagen: In der Not frisst der Teufel Fliegen! Oder . . . wart mal: Es ist noch nicht aller Tage Abend!«

»Ich weiß auch noch eins«, sagte ich. »Freie Bahn dem Tüchtigen.«

»Hm.« Mutti lächelte. »Oder: Unkraut vergeht nicht.«

Linda

Da dachte ich, ich hätte meine Mordlust heute in der Schule mit Ach und Krach noch in den Griff gekriegt – und dann wurde ich am Küchentisch bei Scherers wieder heftig davon gepackt!
So eine Kröte!
Da schleimte sich Alix nicht nur auf die ekelhafteste Weise bei *meiner* Holle ein, sondern warf sich auch noch Joschi an den Hals!
Joschi, den ich irgendwie doch toll finde.
Immer, wenn ich ihn sehe, kribbelt es mich überall auf der Haut.
Früher war er für mich einfach nur Holles Nervbruder, der uns ärgerte und piesackte, freche Bemerkungen nachrief und den Ball wegnahm, wenn wir mal damit spielen wollten. Damals fand ich ihn ätzend und man hätte ihn von mir aus ruhig nach Timbuktu oder sonst wohin verschiffen können, das wäre nur angenehm aufgefallen.
Aber dann, ungefähr vor drei Monaten – Quatsch! Eigentlich weiß ich es ganz genau, es war an Holles Geburtstag, als Scherers mich zu einem Picknick eingeladen hatten. Wir waren an die Nordsee gefahren und hatten

eine Strandwanderung gemacht. Bloß dass da kein Strand war, sondern nur dicker, grauer Schlick. Joschi hatte sich halb totgelacht, dass seine Eltern sich nicht vorher nach den Gezeiten erkundigt hatten, aber wenn man in Bremen wohnt, ist man ganz schön weit weg von der Nordsee und kennt keine Gezeitenkalender.

Jedenfalls war es trotzdem ein tolles Picknick geworden, und weil Joschi nichts anderes zu tun hatte und weil seine Freunde alle in Bremen waren, hatte er mit uns eine Wattwanderung gemacht. Wir hatten uns die Jeans hochgekrempelt und die Schuhe und Strümpfe ausgezogen und waren losgetrabt.

Und da hatte ich ihn mir zum ersten Mal genauer angesehen – und plötzlich hat er mir richtig gut gefallen.

Nicht gerade dass er wie ein Männermodel aussah, aber er ist ziemlich groß und hat die Haare ganz kurz rasiert, keine Glatze, sondern so 'ne Raspelfrisur, und das steht ihm echt gut.

Er bewegt sich irgendwie lässig. Am besten gefällt mir sein Mund, der ist breit mit ziemlich vollen Lippen und manchmal stelle ich mir abends vor dem Einschlafen vor, wie es wäre, wenn er mich küssen würde ...

Leider hat Holle nur einmal im Jahr Geburtstag.

Seither hat er leider kaum mehr als einen Satz mit mir gesprochen.

Einmal, als ich bei Holle war, habe ich an seine Tür geklopft und wollte ihn fragen, ob er mir eine CD mit dem neuesten Song von Anastacia brennen kann. Ich wusste nämlich von Holle, dass er einen Brenner hat. Aber er sah kaum von seinem Computer hoch und brummte nur, ich sollte ihm einen Rohling geben. Natürlich habe ich keinen Rohling rumliegen und mein Taschengeld reicht sowieso nur für das Allernötigste. Also schlich ich mich davon und bin seither schon ganz glücklich, dass ich ihn überhaupt ab und an zu sehen kriege, wenn ich Holle besuche.

Und jetzt diese Alix!

Nicht zu fassen!

Engelshaar!

Da lachen ja die Hühner.

Bestenfalls Stroh!

Das mit Holles Mutter, dass sie ihren Job verloren hat, tat mir echt Leid. Trotzdem war Frau Scherer kein bisschen deprimiert, sondern erzählte beim Teetrinken von komischen Kundinnen, die sie bedient hat.

Manche von denen waren totale Zicken, die nur rummäkelten und meckerten und Frau Scherer hundert Klamotten in die Umkleidekabine bringen ließen und anschließend ein T-Shirt für 20 Euro kauften – oder auch gar nichts.

Aber manchmal gab es auch nette Kundinnen, wie eine besonders große, dicke Frau, die händeringend ein Ballkleid in ihrer Größe suchte und jammerte, dass sie sich in jedem wie eine Tonne vorkam. Bis Frau Scherer ihr ein superschickes Kleid zeigte. Da drin gefiel sie sich und sagte: »Wenigstes eine schicke Tonne!« Und sie freute sich so, dass sie Holles Mutter beim Bezahlen ein Riesentrinkgeld zusteckte und sagte: »Für ein großes Stück Sahnetorte! Sie sehen mir auch nicht nach einer Kostverächterin aus.«

Alle am Tisch lachten, ich auch ein bisschen und niemandem fiel auf, dass ich kaum was sagte.

Ich hätte auch nicht gewusst, was.

Ich musste dauernd an Joschi denken und dass er sich Gedanken über Alix' Haar gemacht hatte.

Alix erzählte dann eine blöde Geschichte von einem Kind, das ihre Mutter einmal malen sollte und das erst still gesessen hatte, nachdem Alix ihm einen Sahnequirl in die Hand gedrückt hatte. Nur war das Gör hinterher pottsauer gewesen, weil der Quirl auf dem fertigen Bild nicht zu sehen war.

»Sachen gibt's!«, sagte Frau Scherer und schüttelte den Kopf. »Ach ja, nun ist das ja trotzdem noch ein ganz fröhlicher Nachmittag geworden. Aber jetzt muss ich mich mal langsam um das Essen kümmern. Unser Vati kommt nämlich bald.«

Alix sah auf ihre Armbanduhr und sprang auf.

»Ah du Schreck! Ich muss ja noch einkaufen! Und es ist schon sieben!«

»Das macht doch nichts«, sagte Holle. »Hier gibt es einen Supermarkt, der hat immer bis acht auf. Gleich vorn an

der Ecke links und dann noch ein paar hundert Meter und du siehst den Parkplatz.«
»Was für ein Glück«, sagte Alix, verabschiedete sich ziemlich übertrieben freundlich von Frau Scherer und verschwand.
»Hm«, sagte ich und stand langsam auf. »Dann will ich auch mal. Vielen Dank für Speis und Trank. Und wegen dem neuen Job alles Gute – Sie finden bestimmt wieder was! Wahrscheinlich was viel Besseres!«
»Danke, Linda«, sagte Frau Scherer. »Dein Wort in Gottes Gehörgang!«
Holle brachte mich zur Tür.
»Na?«, sagte sie.
»Na was?«
»Du hast es doch ausgehalten, oder?«
Ich kniff die Augen zusammen. »Aber nur knapp. Ich weiß echt nicht, was du an der findest.«
»Nein?« Holle drückte die Klinke rauf und runter. »Das ist doch gar nicht so schwer rauszukriegen. Du kommst bestimmt noch drauf! Tschüss dann, bis morgen!«
Dann machte sie die Tür zu und ich stand im Treppenhaus und überlegte, ob ich mich über diesen Satz ärgern sollte. Aber ich hatte mich heute schon über so viel aufgeregt, ich hatte keine Lust, mich schon wieder zu ärgern. Und außerdem – der Nachmittag bei Scherers mit der blöden Alix war immer noch besser gewesen als zu Hause Merle und Anton beim Krachmachen zuzuhören.

Auf dem Heimweg überlegte ich mir, ob ich mir die Haare vielleicht blond färben und dann eine Dauerwelle machen lassen sollte.
Engelshaar, so eine Scheiße.
Ich sah im Vorbeilaufen in die Schaufenster. Ich und blonde Löckchen? Das passte ungefähr so wie ein Federhut zu einem Hering.
Ich zuppelte an meinen Haaren rum.
Braun war doch gar nicht so schlecht. Und ich hatte grüne Augen. Wenn Joschi die bloß endlich mal bemerken würde. Grüne Augen sind doch was ganz Besonderes.
Obwohl meine, ehrlich gesagt, eher graugrün waren.
Meistens sogar mehr grau.

Alix

Ich hatte mich für Spaghetti entschieden und alles dafür eingekauft.
Doch als ich nach Hause kam, lag da ein Zettel von Mama, dass sie mit Herrn Hertogh essen gegangen war und erst spät zurückkommen würde.
Herr Hertogh? Das war wohl dieser wichtige Kunde, der heute angerufen hatte.
Ich packte meine Einkäufe weg und machte mir ein Wurstbrot.
So, so.
Mit Herrn Hertogh.
Hertogh mit gh.
Und heute Mittag war sie noch so krank gewesen.
Ich machte die Tür zu Mamas Schlafzimmer auf. Nicht eine einzige Kiste hatte sie ausgeräumt, nachdem ich weggegangen war. Alle aus dem Flur standen noch in ihrem Zimmer und warteten darauf, dass sich jemand ihrer annahm. Ich nicht, dachte ich störrisch. Da waren sowieso nur Kleider von Mama drin.
Ich biss in mein Brot und fasste einen Entschluss. Ich würde diese Kartons und Kisten nicht einräumen.

Jedenfalls nicht mehr heute Abend.
Ich ging in mein Zimmer und machte ein bisschen Krach: Ich legte eine CD auf, tanzte ein bisschen herum, holte den Hammer und nagelte ein paar Nägel für meine Bilder an die Wand. Das Foto von Papa, das Foto von Mama, Papa und mir, das Foto von meiner alten Klasse und das Poster von *Shakespeare in Love*. Ich schaute mich zufrieden in meinen vier Wänden um – hier stand, hing und lag schon alles an seinem Platz.
Es waren zwar nicht die Möbel, die ich mir gekauft hätte, aber es ließ sich damit aushalten.
Wenn es nach mir gegangen wäre, dann stände dort ein Futonbett mit vielen bunten Kissen, an der Decke wären Halogenstrahler, der Schreibtisch wäre aus hellem Holz, so ein Ikea-Teil, genau wie der Kleiderschrank und die Kommode, und sonst gäbe es nur noch ein paar Sitzkissen oder Sitzsäcke – basta!
Stattdessen ist mein Zimmer mit antiken Möbeln eingerichtet, von denen Mama behauptet, sie wären Familienerbstücke, aber ich weiß, dass das nicht stimmt. Das Himmelbett hat sie neu gekauft und diesen albernen Toilettentisch auch. Nur die Rokokosesselchen mit dem kleinen Tisch und der Empireschreibtisch stammen von meiner Großmutter und die Récamiere habe ich von einer Großtante bekommen.
Ich holte mir einen Apfel aus der Küche und mein Englischbuch aus dem Rucksack und ließ mich dann auf die

Récamiere fallen. Zum x-ten Mal wunderte ich mich, warum die Leute damals Sofas ohne Rückenlehne so toll fanden. Natürlich kenne ich das Bild von der wunderschönen Madame, die dem Möbelstück den Namen gab – das hat mir Mama schon vor Jahren in einem Buch gezeigt. Madame Récamiere sieht ja auch hinreißend aus, wie sie sich da auf dem Sofa ausstreckt und dem Betrachter ihren nackten Fuß zeigt. Aber zum gemütlichen Hinfläzen taugt dieses Sofa leider überhaupt nicht – trotz Nackenrolle und Kissen.

Ich lernte die neuen Vokabeln, bis ich sie sicher draufhatte, denn die Gärtner würde mich bestimmt für den Auftritt heute büßen lassen. Warum hatte ich der doofen Linda eigentlich aus der Bredouille geholfen? Ausgerechnet dieser Giftnudel. Na ja, vielleicht weil sie so erschreckt ausgesehen hatte, als die zwei Zentner Gärtner auf sie zugerollt kamen. Nur genützt hatte es mir nichts. Sie war immer noch ein Stinkstiefel.

Ich ging ins Bad, putzte mir die Zähne und sah mein Gesicht im Spiegel. »Weihnachtsengel.« Verrückt. Verrückt, aber nett.

Vor dem Einschlafen dachte ich noch mal an Holle und daran, wie nett Frau Scherer war.

Holle hatte vielleicht ein Glück mit ihrer Mutter! Aber dann kam ich mir gemein vor.

Mama konnte schließlich nichts für ihre Migräne. Es war ja nur zu deutlich zu sehen, wie sehr sie immer litt. Ich sollte mich lieber freuen, dass sie sich heute so rasch erholt hatte, und ihr das Essen mit diesem Mann gönnen. Hertogh mit gh, na ja, vielleicht würde ich ihn ja mal kennen lernen.

Dann dachte ich noch mal an die biestige Linda und an Joschi.

Engelshaar hatte er gesagt.

Nicht sehr originell, aber nett. Und ich hatte genau gesehen, dass Linda da argwöhnisch den Kopf gereckt hatte.

Ob die in Joschi verknallt war?

Möglich.

Aber er garantiert nicht in sie.

Holle

Na bitte, es ging doch.

Seit dem Nachmittag neulich bei uns benahm sich Linda ganz manierlich. Sie meckerte nicht mehr rum, wenn Alix sich in der Pause zu uns stellte, und sie ertrug es auch, wenn Alix nachmittags ab und an zu mir kam.

Nicht dass sie davon begeistert gewesen wäre, das nun nicht.

Aber sie motzte mich nicht mehr an und machte nicht mehr dauernd schlechte Stimmung.

Wir haben sogar schon einen gemeinsamen Kinobesuch hinter uns. Mutti hatte uns so von *Bella Martha* vorgeschwärmt, dass wir neulich Nachmittag zu dritt loszogen und uns den Film angeschaut haben. Martina Gedeck ist eine tolle Schauspielerin und eine schöne Frau und ich finde es toll, dass sie nicht so rappeldürr wie die meisten Hollywoodstars ist.

Ich fand sie super und die Geschichte fand ich auch super.

Als wir uns hinterher über den Film unterhielten, sagte Alix auf einmal: »Ich koche auch gern.«

»Ach nee, wirklich?«, sagte Linda dann natürlich sofort,

aber ich merkte gleich, dass sie auch neugierig war. Linda isst nämlich für ihr Leben gern und lässt sich von Mutti auch immer gern zum Essen einladen. Sie hat mir mal erzählt, dass es wegen ihrer kleinen Geschwister bei ihr zu Hause immer Kartoffelbrei oder Milchreis oder ähnlichen Babyfraß gibt, weil der schnell geht und weil es dann mit den Meckergören keinen Stress beim Essen gibt.

Lindas Mutter kocht nicht besonders gern, die schiebt meistens Fertiggerichte in die Mikrowelle.

»Du kochst gern?«, fragte Linda in einem Ton, als ob Alix gestanden hätte, dass sie gern Autos in die Luft sprengt.

»Doch, wirklich«, sagte Alix. »Ich musste früh kochen lernen, weil mein Vater oft beruflich unterwegs war, und meine Mutter hat sich fürs Essen nie interessiert – höchstens in schnieken Restaurants.« Sie grinste. »Deshalb hab ich es mir von unserer Haushälterin zeigen lassen.«

»Haushälterin, aha!«, sagte Linda mit ekliger Betonung, aber Alix achtete nicht darauf.

»Ach ja, das war einmal«, sagte sie dann mit einem Seufzer. »Dann lernte mein Vater seine Freundin kennen und dann wurde bei uns nur noch gestritten und nie mehr zusammen gegessen und ich wollte ja schließlich nicht verhungern. Und auch nicht bloß Käsestullen essen.«

»Toll«, sagte ich, bevor Linda wieder frech werden konnte. »Und was kannst du kochen?«

Alix zuckte mit den Achseln. »Och, Spaghetti carbonara

oder bolognese, Wiener Schnitzel, Gulaschsuppe oder Kartoffelgratin – worauf ich gerade Lust habe. Aufläufe mache ich besonders gern, da kann man sich immer wieder was Neues ausdenken.«

»Klasse«, sagte ich wieder schnell, weil ich spüren konnte, dass Linda gern eine Gemeinheit loswerden wollte. »Sag mal, diese Nudeln eben im Film, die – wie hießen die noch?«

»Alio e olio?«, sagte Alix. »Oder waren das welche mit Pesto?«

»Hmmmm, Pesto«, rutschte es Linda raus, bevor sie sich wieder unter Kontrolle hatte und ein abweisendes Gesicht machen konnte.

»Das waren Pasta mit Pesto«, sagte Alix und auf einmal strahlte sie. »Wisst ihr, was? Wenn ihr wollt, kochen wir das morgen bei uns. Ich klär das noch mit meiner Mutter und dann machen wir bei uns ein Nudelfest, ja?«

»Super«, schrie ich, bevor Linda irgendwas Ablehnendes sagen konnte. »Ich bin dabei. Was soll ich mitbringen?«

»Einen Salat, möglichst Römersalat. Das passt gut zusammen«, sagte Alix. »Kommst du auch?«, fragte sie dann Linda.

Ich kenne Linda ja nun schon so urlange, dass ich genau wusste, wie es in ihr kämpfte. Sie war natürlich nicht begeistert, dass Alix sich so in den Mittelpunkt rückte. Andererseits war sie viel zu verfressen, um dieser Versuchung zu widerstehen.

»Klar mache ich mit. Ich bringe dann den Wein mit, okay?« Sie lachte, weil wir sie wahrscheinlich ziemlich bedeppert ansahen.

»Glotzt nicht so, war nicht ernst gemeint. Ich wollte sagen, den Apfelsaft. Oder habt ihr spezielle Wünsche?«

»Apfelsaft wäre spitze«, sagte Alix. »Dann ist ja alles gebongt. Morgen nach der Schule bei mir.«

»Wo ist das?«, fragte Linda.

»Im Schloss derer von dem Knesebeck«, sagte Alix. »Was hast du dir denn gedacht?«

Plötzlich musste Linda mitlachen und mir plumpste ein Stein vom Herzen. Ich fand es nämlich zu dritt ganz schön. Anders als früher kam ich mir wichtiger vor, weil Alix mich öfter nach meiner Meinung fragte. Aber auch auf Linda wollte ich auf keinen Fall verzichten, weil ich mag, wie sie rumtobt und Witze reißt und verrückte Ideen hat. »Wilde Hummel«, nennt Mutti sie oft.

Weil ich zwischen Alix und Linda ging, hängte ich mich bei beiden ein und wackelte mal nach links und mal nach rechts und stupste sie jedes Mal an.

»Endlich werden wir mal satt«, sagte ich. »Und niemand meckert wegen Tischmanieren oder verdonnert einen gleich zum Abwaschen – megatoll, ich kann es kaum erwarten!«

»Wollt ihr auch einen Nachtisch?«, fragte Alix.

Linda stöhnte.

»Ja – kannst du Schokopudding machen?«

Alix prustete laut raus. »Das kann doch jeder! Den gibt es fertig aus der Tüte!«
Ich spürte, wie sich Linda neben mir versteifte.
»Na, so was«, sagte sie eisig. »Ja, ich bin eben leider zu doof zum Lesen.«
»Das macht nichts«, sagte ich, als ob nichts wäre. »Dann lese ich es dir vor und du lernst es auswendig.«
Danach sagte Linda nicht mehr viel, bis wir uns trennten und jede nach Hause lief.
Ach, du liebe Küchengöttin, betete ich abends vor dem Einschlafen. *Bitte mach, dass es Linda morgen schmeckt und dass die beiden sich nicht zanken und dass sie endlich auch Freundinnen werden. Das wäre toll, beim hölzernen Kochlöffel!*

Linda

Als ich sah, wie Alix und Holle den ganzen Vormittag über die Köpfe zusammensteckten und wegen dem Kochen ratschten, verlor ich beinahe die Lust am Mitmachen. Ich überlegte schon, was für eine Ausrede ich erfinden sollte, weil ich null Bock auf die Kochsause hatte. Sollte die eingebildete Alix ruhig ein Dreisternemenü kochen – mir doch egal!

Gerade, als ich die Faxen so richtig dicke hatte und ich ihnen sagen wollte, ich müsste heute leider auf Anton und Merle aufpassen, sagte Alix: »Du hattest eigentlich Recht, Linda! Richtigen Schokoladenpudding muss man selber kochen. Der aus der Tüte ist nur für den Notfall. Ich hab die Zutaten aufgeschrieben, wir kaufen nachher auf dem Weg zu uns alles ein, was wir dazu brauchen!«

Irgendwie konnte ich mich dann nicht mehr rausreden. Außerdem war ich auch auf den Pudding scharf, obwohl ich sonst nicht so auf Süßes stehe. Bei der Konfirmation von meiner Kusine hatte es nämlich so einen Schokokram gegeben und der hatte einfach himmlisch geschmeckt!

Danach machte mir das Gekichere von den beiden nicht mehr so viel aus und ein paar Mal kicherte ich sogar mit.

Nach der Schule gingen wir alle zu Alix.
Ehrlich gesagt, war ich auch ein bisschen auf die Wohnung von der Edlen von und zu gespannt. Ich kenne ja sonst keine Adelsschnepfen und hab mich immer schon gefragt, ob die heutzutage auch noch anders leben als normale Menschen.
So gesehen war die Wohnung von Alix und ihrer Mutter ein Reinfall: stinknormal. Jedenfalls die Küche. Eher ein bisschen dürftig, sie hatten nicht mal eine Mikrowelle oder eine Küchenmaschine.
Die edle Mutter war nicht da, das tat mir einerseits Leid, weil ich sie gern mal gesehen hätte, aber andererseits konnte sie uns so auch nicht den Spaß verderben.
Alix murmelte was von geschäftlicher Verabredung und wir legten los.
Als Erstes banden Holle und ich uns lange Abtrockentücher als Schürzen um. Alix hatte so eine lange Bistroschürze und versuchte das Ritual nachzumachen, mit dem die Köchin Martha im Film immer die Schürze umgebunden und dann ein Handtuch zum Händeabwischen in den Bund gesteckt hatte. Wir lachten uns schlapp, während sie versuchte das profimäßig hinzukriegen, aber so elegant wie bei Martina Gedeck sah es noch nicht aus.

Der Pudding kam zuerst dran, weil der noch abkühlen musste, und dann kochten wir die Spaghetti, während Alix das Pesto machte.

Tatsächlich. Selbst machte.

Obwohl man so was ganz bequem im Glas kaufen kann.

Holle rieb den Käse und ich wusch den Salat, während Alix das Pesto aus Basilikumblättern, Öl, Pinienkernen, Knoblauch und Salz und Pfeffer mit so einem elektrischen Zerhacker zu einer Art Mus verrührte.

Ich war mit dem Salatwaschen schnell fertig und schleuderte ihn dann in so einem Plastikgerät trocken, während Alix die Salatsoße mischte.

»Vinaigrette«, sagte sie dazu. Das hörte sich reichlich hochnäsig an, denn da kam genau dasselbe rein wie bei uns: Öl, Essig, Salz und Pfeffer. Und außerdem bloß noch Senf und Balsamicoessig.

Dann waren die Nudeln fertig – denn was »al dente« ist, weiß auch so ein Trottel wie ich – und wir setzten uns an den Tisch. Alix tat allen Spaghetti auf, dann reichte sie das Schälchen mit dem Pesto und das Schälchen mit dem Käse herum. Ich kübelte mir ordentlich was drauf, denn mittlerweile war es schon fast halb drei und mir knurrte der Magen wie ein alter Traktor.

Es schmeckte super. Mein Salat auch. Na gut, die Soße war von Alix, aber die schmeckte eher normal. Ich nahm mir zweimal Nudeln nach und Holle auch. Mit dem vollen Bauch fiel es mir jetzt sogar leicht, Alix ein

Kompliment zu machen, und ich muss zu ihren Gunsten sagen, dass sie sich nicht arrogant aufführte, sondern bloß mit den Schultern zuckte und sagte: »Das kapiert man schnell – nächstes Mal könnt ihr das auch, bestimmt!«
Dann stießen wir mit dem Saft an und taten so, als ob es Wein wäre.
Der Pudding war immer noch warm, aber das war uns egal, er schmeckte auch warm.
Pappsatt hingen wir in den Stühlen und waren sogar zum Reden fast zu faul.
»Ohhhhh«, stöhnte Holle. »Das war toll! Können wir das bald mal wieder machen?«
»Von mir aus gern«, sagte Alix und warf mir einen raschen Blick zu, eine Art Testblick, der sagen sollte: Und wie ist es mit dir?
»Warum nicht«, sagte ich und ächzte. »Dann sehen wir bald alle aus wie . . .«
Holle, hatte ich sagen wollen, und noch vor drei Wochen hätte ich das auch gesagt und wir hätten dann beide darüber gelacht. Aber aus irgendeinem Grund verkniff ich mir das heute und sagte stattdessen: ». . . wie die Tonnenfrau, von der Holles Mutter neulich erzählt hat.«
»Wär nicht schlecht.« Alix grinste und streckte ihren Arm aus. »Viel zu dünn. Da könnte gut noch was drauf!«
Ich war platt!
Da fand sich Alix also gar nicht so hundertprozentig per-

fekt, wie ich gedacht hatte! Na, wenn das nicht eine nette Überraschung war!

»Linda kann auch noch was gebrauchen«, sagte Holle und verzog die Mundwinkel. »Bloß mich könnt ihr dann bestimmt bald rollen.«

»So 'n Quatsch«, widersprach Alix energisch. »Du hast doch von uns allen die schönste Haut!«

Ich war baff. Holle hatte die schönste Haut?

Ich sah Alix mit ihren Sommersprossen an und dann fiel mir der blöde Pickel ein, an dem ich gestern Abend rumgedrückt hatte und der sich davon natürlich nicht vertreiben ließ und jetzt neben meiner Nase glänzte.

Dann schaute ich Holle an.

Doch, Alix hatte Recht. Holles Haut war seidenglatt und ohne Makel.

Komisch, mir war das noch nie aufgefallen.

»Echt?« Holle strahlte Alix an.

»Stimmt genau«, sagte ich und wunderte mich, wie fröhlich Holle aus der Wäsche schaute.

Aber wahrscheinlich hatte ihr das auch noch nie jemand gesagt.

»Wisst ihr, was?«, sagte Alix. »Ich räum jetzt fix die Küche auf und ihr könnt ja derweil in mein Zimmer gehen. Übrigens . . .« – Sie schaute mich an und zog einen Flunsch – ». . . es ist *nicht* nach meinem Geschmack eingerichtet, damit das mal klar ist. Wenn ich genug Geld zusammenhabe, kauf ich mir einen Futon.«

Als sie dann die Tür zu ihrem Zimmer aufmachte, fielen mir fast die Augen aus dem Kopf.
Es sah aus wie in einem Roman von alten Schlössern oder Palästen.
Oder wie in einem Hollywoodfilm.
Wahnsinn!
Ein tolles, romantisches Himmelbett mit geschnitzten Pfosten und einem richtigen Stoffdach aus fast durchsichtigem, hellem Stoff und lauter hoch elegante Möbel. Aber das Tollste war ein Sofa ohne Rückenlehne, das mit einem Streifenstoff bezogen war und aussah, als hätten da schon Königinnen und Prinzessinnen draufgesessen.
Ich war total begeistert, aber ich wollte das nicht so deutlich zeigen.
»Wieso denn einen Futon?«, fragte ich. »Sieht doch ganz gut aus.«
»Finde ich auch«, sagte Holle. »Aussehen tut es super.«
»Schon«, sagte Alix. »Aber versucht mal drauf zu sitzen.«
Sie grinste und machte die Tür hinter sich zu.
Das war natürlich genau das, was ich wollte. Ich setzte mich auf das Streifensofa und schloss die Augen. Ich stellte mir vor, ich wäre eine vornehme Lady und tat so, als würde ich mir mit einem Fächer Luft zufächeln.
Holle lachte laut los.
Ich riss die Augen auf.
Sie saß in einem von den niedlichen Sesseln und kriegte sich nicht mehr ein.

»Stell dir doch bloß mal vor!«, sagte sie und kicherte. »Da hat jemand so ein Traumzimmer und wünscht sich ein Matratzenbrett – das ist doch total bekloppt!«

Ganz meine Meinung.

Alix ist total bekloppt.

Gut, dass Holle das endlich auch kapiert hatte.

Aber es war eine Bekloppttheit, gegen die sich eigentlich nichts sagen ließ. Über Geschmack lässt sich schließlich nicht streiten.

Ich betrachtete die Fotos.

Aha, das waren also die Eltern. Aber man konnte nichts richtig darauf erkennen, die Gesichter waren zu klein.

Alix brauchte nicht lange für die Küche und kam mit einem Tablett mit Mokkatassen und einer Espressokanne. Wir setzten uns dann um ihren kleinen Tisch mit der schimmernden Tischdecke und tranken Kaffee.

»Mensch, geht's uns gut«, stöhnte Holle zufrieden. »Jetzt muss Mutti nur noch einen Job finden und ich bin wunschlos glücklich!«

Da hörten wir, wie jemand in die Wohnung kam.

»Meine Mutter«, sagte Alix und war mit einem Satz bei der Tür. »Sie möchte euch bestimmt kennen lernen.«

Dann hörten wir sie im Flur reden und eine Stimme antwortete, aber man konnte die einzelnen Wörter schlecht verstehen.

Schließlich klappte eine Tür zu und dann kam Alix wie-

der rein. Ihr Gesicht sah ganz merkwürdig aus, als ob sie kein Gefühl zeigen wollte.
»Meine Mutter lässt sich entschuldigen«, sagte sie dann mit einem Hauch von Spott in der Stimme. »Sie hatte einen sehr anstrengenden Vormittag und muss sich jetzt ausruhen.«
Aber sie konnte sich noch so viel Mühe geben und die Gleichgültige markieren, ich merkte genau, dass ihr das peinlich war.
»Na, dann halt nächstes Mal«, sagte Holle und Alix sah sie dankbar an. »Wir sehen uns ja wohl noch öfter, oder?«
»Klar«, sagte ich. »Wir lernen doch jetzt kochen.«
»Es muss ja nicht immer hier sein«, sagte Holle. »Nächstes Mal kochen wir bei uns – okay?«
»Tolle Idee«, sagte ich und merkte, wie Alix sich langsam wieder entspannte. Ich grinste ihr zu. »Und das übernächste Mal sind wir bei uns. Aber Vorsicht! Bei uns kommt alles in die Mikrowelle!«
Da lachte Alix sogar ein bisschen und ich überlegte, was für eine Mutter das war, die den Freundinnen ihrer Tochter nicht mal Guten Tag sagen wollte.
Dann kniff ich verdutzt ein Auge zu. Hatte ich eben Freundinnen gedacht?
Na, so was.

Alix

Ich träumte nicht mehr so oft von Papa, unserem Haus in Frankfurt und von meiner alten Schule.
Eigentlich kaum noch.
Mittlerweile hatte ich mich in Bremen ganz gut eingelebt, besonders wegen Holle.
Und seitdem wir unseren komischen Kochklub hatten, kam ich auch mit Linda ganz gut aus.
Jedenfalls lästerte sie nicht mehr über mich und hatte auch schon seit vielen Tagen nicht mehr Gräfin oder Edle-von zu mir gesagt.
Vielleicht war sie mir nicht mehr böse, dass ich jetzt auch mit Holle befreundet war.
Eigentlich war das Leben schön.
Eigentlich.
Wenn da nur nicht das Problem mit Mama gewesen wäre.
Sie hatte erfreulicherweise schon seit längerem keinen Migräneanfall mehr gehabt und ihre letzten Kartons und Kisten und Koffer hatte sie – mit meiner Hilfe, versteht sich – inzwischen aus- und eingeräumt.
So weit, so gut.

Aber sie war unzufrieden, weil sie ihrer Meinung nach nicht genügend Aufträge bekam.
Dabei war das Blödsinn, denn sie hatte genug zu tun. Früher hatte sie jedoch immer viel mehr Anfragen für Porträts gehabt, als sie annehmen konnte, und das hatte ihr wohl gut gefallen. So als wäre sie eine ungemein gefragte Künstlerin und alle würden sich um sie reißen.
Hier in Bremen hatte sie zwar genug Aufträge und verdiente wohl nicht schlecht, aber sie war nicht dauernd zu Empfängen und Partys eingeladen wie früher.
Dass sie genug Geld verdiente, merkte ich daran, dass ich ganz ohne Geburtstag oder Weihnachten letzte Woche einen MP3-Player bekommen habe. Ich war total begeistert, weil ich mir schon lange einen wünschte und mich gefreut habe, dass sie das nicht vergessen hatte. Ich bin ihr um den Hals gefallen und hab sie ganz fest umarmt und sie hat es sich gefallen lassen und sogar ein bisschen gelacht.
»Du bringst mich um«, sagte sie. »Bitte etwas vorsichtiger!«
Aber es war ganz ohne Leide-Ton, sondern lieb.
Sie wollte eigentlich auch mit mir einkaufen gehen, weil ich aus allen alten Sommerklamotten herausgewachsen bin, aber dann kam ihr etwas dazwischen und sie hat mir 100 Euro gegeben, damit ich selber mit meinen Freundinnen losziehen sollte. Ich wüsste ja, was tragbar sei und was nicht.

Mittlerweile hat sie nämlich Holle und Linda kennen gelernt. Das erste Mal hat sie den beiden nicht mal die Hand gegeben, sondern sich ins Wohnzimmer verkrümelt, angeblich, weil sie so erschöpft war. Das muss man sich mal vorstellen! Zu erschöpft, um jemandem die Hand zu geben! Holle und Linda haben aber keine fiesen Kommentare gemacht, sondern das einfach cool weggesteckt.

Eine Woche später, als wir wieder bei uns gekocht haben, war Mama dann ganz die große Dame und liebevolle Mutter und versuchte den besten Eindruck zu schinden. Holle und Linda haben den Mund kaum noch zugekriegt und ich konnte genau sehen, wie beeindruckt sie von Mama waren.

Und wie beeindruckt sie von ihren Bildern waren. Mama hat ihnen das Porträt von dem kleinen Jungen gezeigt, an dem sie gerade arbeitete, und sogar Linda hat ihr dicke Komplimente gemacht, obwohl ich finde, dass der kleine Junge auf dem Bild eher wie eine Puppe aussieht als wie ein lebendiger Mensch.

Aber natürlich würde ich diese Gedanken nie laut aussprechen.

Das Verrückte war, ich spürte seit ein paar Tagen genau, dass Mama unglücklich war und dass sie mir eigentlich Leid tun müsste. Doch stattdessen erwischte ich mich dabei, wie ich ihr aus dem Weg ging, weil ich mich in ihrer Gegenwart unwohl fühlte.

Dann kriegte ich ein schlechtes Gewissen und zählte innerlich immer wieder die vielen möglichen Gründe für ihre Missstimmung auf: die Trennung von Papa, der Umzug, die Suche nach Aufträgen und ihre Krankheit.
Und trotzdem . . . und trotzdem.
Manchmal war ich richtig neidisch auf Holle, weil sie diese knuddelige, schmusige Mutter hat.
»Du hast es gut!«, hab ich neulich zu ihr gesagt.
»Wieso?« Wenn Holle erstaunt guckt, hat sie Augen wie braune Glaskugeln.
»Na, weil du so eine Schmusemutter hast.« Ich wurde rot, weil ich es nicht gewohnt bin, über solche Dinge zu reden.
»Pfffft!« Holle stieß die Luft aus. »Schmusig? Im Moment hat sie riesige Minderwertigkeitskomplexe, weil sie keine neue Stelle kriegt. Elf Bewerbungen und elf Absagen. Da ist dir nicht mehr so schmusig zu Mute, meine Liebe!«
Sie sah mich ernst an.
»Na ja, ähhh, ich meinte, eben, hm«, stotterte ich herum.
Holle hatte sich abgewandt und warf mir über die Schulter einen genervten Blick zu.
»Aus der Entfernung sieht vieles perfekt aus«, sagte sie. »Wenn man dichter dran ist, sieht man auch die Kratzer im Lack. Mutti ist momentan ziemlich deprimiert. Aber«, und da grinste sie schon wieder, »sie hat jetzt eine neue Bewerbung laufen, mal sehen, vielleicht klappt es diesmal.«

Das war einer der Nachmittage, an denen wir beide allein waren.
Die waren selten. Meistens war Linda mit von der Partie.
Ich kann nicht sagen, dass ich sie wahnsinnig gern hatte, aber manchmal war es mit ihr auch ganz lustig. Oft trifft sie mit ihrer frechen Klappe den Nagel auf den Kopf. Sie hat fast gar keinen Respekt vor anderen Leuten oder vor Regeln. In der Schule legt sie sich ständig mit den Lehrern an, weil sie vieles ungerecht findet, und dann ist sie nicht zu bremsen. Wie neulich, als der Kretschmer Olli eine Strafarbeit aufbrummen wollte, obwohl der sich nur von seinem Tischnachbarn das Geodreieck ausgeliehen hatte.
Da sprang Linda wie von der Tarantel gestochen hoch und feuerte dem Kretschmer eine volle Breitseite rein. Strafarbeiten wären erstens verboten und zweitens ungerecht und Lehrer dürften keine aufgeben und Olli hätte gar nichts Schlimmes gemacht, und das wäre eine Sache für den Vertrauenslehrer und sie würde das dem Vorsitzenden vom Elternbeirat erzählen.
Der Kretschmer hörte sich das alles zuerst mit ziemlich verdutztem Gesichtsausdruck an und dann grinste er. »Okay, Linda, du hast mich überzeugt. Olli braucht nichts zu machen, aber du hast heute Tafeldienst wegen verbotenem Kaugummikauen!«
Eins zu eins für den Kretschmer.
Alle lachten und Linda auch, denn sie hatte wirklich vor

lauter Empörung vergessen, dass sie noch einen Gummi in der Backentasche hatte.

In der Pause fragte ich sie, woher sie den Mut für solche Attacken nahm, aber da starrte sie mich bloß verständnislos an und zuckte mit den Achseln.

Holle kräuselte die Lippen und meinte dann: »So war Linda schon immer. Das kommt bestimmt von ihren Rechtsanwaltseltern.«

»Nur mein Vater. Mama ist Steuerberaterin«, verbesserte Linda.

»Ist doch egal. Jedenfalls hat sie auch mal Jura studiert, oder?« Holle sah mich an und spreizte die Finger. »Linda regt sich immer furchtbar auf, wenn sie meint, jemandem passiert ein Unrecht. Früher wärst du bestimmt so 'ne Johanna von Orléans geworden, ha!«

Linda war plötzlich ganz rot. Sie schüttelte sie ihre langen braunen Haare. »Nee. Ich hätte nie irgend so einem König aus der Patsche geholfen. Und Kriege finde ich so was von beknackt – neee, ohne mich! Ich hätte wahrscheinlich eher gegen die heilige Johanna demonstriert!«

Sie lachte und Holle kicherte und ich musste auch grinsen. Linda die Gerechte, die vor niemandem Angst hatte.

Aber die konnte mir momentan auch nicht weiterhelfen, oder?

Ich machte mir Sorgen.

Richtige, ernsthafte Sorgen.

Wegen Mama.

Holle

Super!
Das fand ich supertoll!
Wir hatten einen Kochklub, kochten zusammen total leckere Essen und Linda motzte nicht mehr wegen Alix.
Ich dachte, jetzt wäre alles gut und meine alte beste Freundin (Linda) und meine neue beste Freundin (Alix) konnten sich jetzt leiden und alles wäre paletti.
In den Pausen stichelte Linda fast nie mehr gegen Alix und die benahm sich auch seltener arrogant. Und unsere nächsten Kochklub-Treffen verliefen friedlich, niemand zickte rum. Ich atmete auf, denn ich kann Zankerei nicht ab.
Aber das Leben besteht ja nicht nur aus Freundinnen – leider lief zu Hause alles nicht so gut.
Immer, wenn Mutti eine Absage bekam, schlich sie wie ein geprügelter Hund durch die Gegend. Sie reagierte gereizt, wenn man sie trösten wollte, und hinterher entschuldigte sie sich für ihre Unfreundlichkeit und man traute sich gar nicht mehr normal mit ihr zu reden.
Joschi ließ sich kaum noch daheim blicken und Vati machte zusätzliche Schichten, um das Familienkonto auszugleichen.

Dann kriegte Mutti eine Ferienvertretung bei einer Tankstelle und saß da jetzt jeden Tag von zehn Uhr vormittags bis drei Uhr nachmittags an der Kasse. Aber das war nur etwas Kurzfristiges. Immer noch hockte sie jeden Samstag nach dem Frühstück über der Zeitung und studierte die Stellenanzeigen und dann setzte sie sich an den Computer und tippte ihre Bewerbungen.
Ich wünschte ihr von ganzem Herzen, dass sie endlich einen netten Chef fand, der genau wusste, was für eine klasse Verkäuferin sie war, und sie das auch spüren ließ.
Erst dann würde es bei uns wieder fröhlicher werden.
Wenn wir bei uns kochten, achtete ich immer darauf, dass wir keine teuren Lebensmittel brauchten. Linda ist da nämlich sehr großzügig und will immer ihre Lieblingsessen kochen und da plant sie auch mal fix Rezepte mit Rinderfilet oder Mangofrüchten oder Shiitake-Pilzen und asiatischem Reisessig, ohne daran zu denken, wie viel das alles kostet.
Schließlich können ja auch gebackene Kartoffeln mit Kräuterquark sehr gut schmecken oder Gemüseeintopf oder Möhrencremesuppe.
Erleichtert stellte ich fest, dass Alix merkte, worum es mir ging, und mich dabei unterstützte, ohne dass wir groß darüber zu sprechen brauchten.
Zweimal jede Woche trafen wir uns mittags zum Kochen und ich freute mich immer sehr darauf.
Einmal, als wir bei uns waren, platzte Joschi mittendrin rein und Linda lud ihn natürlich sofort zum Mitessen ein.

Als er beim nächsten Mal nicht in der Küche auftauchte, fragte sie ganz harmlos: »Sollen wir für Joschi mitkochen? Vielleicht freut er sich später darüber?«
Alix sah mich an und ich schüttelte den Kopf.
»Das ist hier unser Ding. Wenn er was will, soll er fragen. Aber es wird ihm nicht auf dem Silbertablett angeboten.«
»Finde ich auch«, sagte Alix und Linda ließ das Thema fallen.
Aber ich sah, wie sie Alix einen bösen Blick zuwarf. Alix sah das nicht, weil sie sich hingehockt hatte, um mit Siri zu schmusen.
Oh nein, stöhnte ich innerlich. Hoffentlich fängt Linda jetzt nicht wieder mit der Zickerei an!

Da hatte ich noch keine Ahnung, was richtige Zickerei ist und wie sehr die einen schlauchen kann.
Das ging nämlich erst eine Woche später los, als Linda in der großen Pause so ganz nebenbei sagte: »Schaut mal da drüben! Seht ihr den Typen mit den langen dunklen Haaren?«
Alix und ich verrenkten die Hälse, doch, ja, da stand ein Junge, der war bestimmt schon sechzehn oder siebzehn und ging höchstwahrscheinlich schon in die zehnte oder elfte Klasse.
Er stand mit anderen älteren Jungen da und sie kickten mit einem Haki-Sack. Joschi hat auch mehrere von die-

sen komischen, kleinen bunten Bällchen, die mit Sand oder irgend so einem Zeug gefüllt sind.
»Das ist Nico. Der wohnt jetzt neben uns«, sagte Linda so bedeutungsvoll, als wäre das eine Nachricht für die Tagesschau.
Wir peilten wieder rüber und dann sahen wir Linda an.
Alles klar! Die hatte sich wohl ziemlich in diesen Nico verknallt.
Aber Alix und ich hatte es auch irgendwie erwischt: Wir waren irgendwie von Linda angesteckt worden. Schon dieser kurze Blick hatte irgendwas bewirkt, so was wie einen Mini-Stromschlag.
So wie man mit den Fingern schnippt: Zack!, war es geschehen!
Ich merkte es daran, dass ich einen roten Kopf kriegte, ich merkte es daran, wie Alix betont gleichgültig auf ihr Pausenbrot starrte, und ich merkte es an daran, dass mich nervte, wie Linda immer noch hingerissen zu Nico hinüberglotzte.
»Na und?«, sagte Alix und biss von ihrem Brot ab. »Ein Typ wie jeder andere.«
Linda verzog den Mund. »Rede dir das ein, wenn du willst! Ich finde ihn eine Granate! Ich finde ihn absolut toll. Ich hab nämlich gestern mit ihm geredet!« Sie sah uns stolz an. »Er hat mich gefragt, wo das Schulzentrum Süd ist, und da hab ich ihm erklärt, dass ich da auch hingehe, und er wollte wissen, was hier so abgeht und so.

Wir haben mindestens eine halbe Stunde miteinander gequatscht!«

Es hörte sich an, als ob sie einen Orden gekriegt hätte.

»Na und wennschon«, sagte Alix. »Der interessiert sich doch gar nicht für uns.«

»Für dich vielleicht nicht«, sagte Linda. »Aber ich werde was dafür tun, damit er merkt, dass es mich gibt!«

»Und was?«, fragte ich.

»Weiß ich noch nicht. Mir fällt aber noch was ein, darauf kannst du Gift nehmen!«

»Du kannst ja demonstrieren«, sagte Alix spöttisch. »Dir ein Plakat machen, *Ich liebe Nico* draufschreiben und vor seiner Wohnung auf- und ablaufen!«

Linda sah Alix an, als ob sie sie am liebsten erwürgen würde, und ich schob mich ganz langsam zwischen die beiden, weil ich Angst hatte, sie würden aufeinander losgehen.

Aber plötzlich lachte Linda laut los.

»Danke für den Tipp! Vielleicht mach ich das!« Sie prustete immer noch, hielt die Arme hoch und lief vor uns hin und her.

Das ist das Tolle und gleichzeitig auch das Anstrengende bei ihr, dass man vorher nie ganz genau sagen kann, wie sie reagiert.

Alix schüttelte den Kopf. »Ich geb ja zu, er sieht klasse aus und irgendwie wirkt er sehr sympathisch und ich würde ihn gern näher kennen lernen. Aber Mädels«, sie hatte

aufgegessen und boxte uns jede an den Arm, »der ist eine Nummer zu groß für uns. Zu alt. Zu schön. Das kann ja nie klappen.«
Und dabei sah sie sehnsüchtig zu ihm rüber.
»Wer weiß«, sagte ich. »Vielleicht schleppt Joschi ihn eines Tages an und er sieht mich und verknallt sich in mich.«
»In dich?« Linda lachte wieder laut los, aber diesmal hörte es sich gemein an.
»Und warum nicht?«, blaffte ich sie an. »Warum du und nicht ich?«
»Weil . . .« Linda redete nicht weiter, sondern sah mich mit einem merkwürdigen Grinsen an. Dann blinzelte sie. »Weiß ich auch nicht. Versuch's doch. Das ist schließlich ein freies Land.«
Dann drehte sie sich um und marschierte zu der Gruppe, bei der Nico stand. Alix und ich sahen ihr wie gebannt nach. Da gongte es und die Jungs liefen langsam in Richtung Eingang. In diesem Moment hatte Linda Nico erreicht und sagte etwas. Er blieb stehen und redete mit ihr. Dann lachten sie beide und gingen zusammen zum Eingang.
»Wahnsinn«, murmelte Alix. »Die hat Mut!«
»Nö«, sagte ich. »Die hat immer Glück.«
»Pöh«, machte Alix. »Das wollen wir erst mal sehen.«
Stimmt, dachte ich und einer von Muttis Sprüchen fiel mir ein: Eile mit Weile.
Oder hieß das anders?
Wer zuletzt lacht, lacht am besten?

Linda

Wie blöd von mir! Wie saublöd!

Da hatte ich ein bisschen mit meiner Bekanntschaft mit Nico angeben wollen und was hatte ich erreicht?

Die beiden Tussis hatten sich prompt in ihn verknallt!

Dabei war das mein Nico! Mich hatte er angesprochen, ich hatte mit ihm über unsere Schule geredet, er war *mein* Nachbar!

Okay, okay, ich hatte ein bisschen mit ihm angegeben, aber deshalb hätten sie ihn doch nicht wie liebeskranke Kälber anstarren müssen!

Plötzlich konnte ich von Alix' und Holles Gesichtern ablesen, dass die beiden auch total hingerissen waren! Von *meinem* Nico!

Gestern Abend träumte ich von Nicos Küssen und zum ersten Mal seit langer Zeit dachte ich nicht eine Sekunde lang an Joschi. Sollte Alix mit ihrem Engelshaar sich doch Joschi schnappen, der war ja schließlich wild darauf gewesen.

Bestimmt machte Nico sich nichts aus blonden Kringeln. Sondern fand glatte braune Haare und grüne Augen toll!

In den nächsten Stunden hatten wir Bio und Mathe, und

weil das meine Lieblingsfächer sind, dachte ich eine Zeit lang nicht mehr an Nico.
Beim Rausgehen aus dem Biologieraum tippte mir Alix auf die Schulter.
»Heute sind wir doch bei dir, nicht?«
Mist, das hatte ich ganz vergessen.
Ich nickte.
Holle schob sich an mir vorbei und schwenkte eine Plastiktüte. »Ich hab meine Sachen schon gestern besorgt!«
Innerlich stöhnte ich.
Heute hatte ich null Bock auf Kochen.
Ich hätte lieber bei uns gelauert und aufgepasst, wann Nico aus dem Haus geht – vielleicht hätte ich ihn abfangen können und wir hätten uns wieder unterhalten.
Ich atmete tief aus und riss mich zusammen. Eigentlich sollte man den Kerls ja nicht nachsteigen.
»Klar sind wir bei uns. Heute ist doch Mittwoch!«
Da hatten wir die Wohnung für uns.
Dachte ich.
Wie sich der Mensch doch irren kann!

Zu Hause fand ich nämlich eine Nachricht auf dem Anrufbeantworter von Mama vor, ich sollte Merle und Anton abholen, weil Merle nach Ansicht der Erzieherin Fieber hätte.
»Na toll!« Ich war schrecklich wütend. Das hat man von kleinen Geschwistern: Immer drängeln sie sich in den Vordergrund und versauen einem alle Pläne!

»Wir können doch schon mal mit dem Schnippeln anfangen«, sagte Holle, gutmütig, wie sie ist.
»Klar«, meinte Alix. »Wir kennen uns hier ja inzwischen aus.«
Ich rief Mama an und sagte ihr, es ginge alles klar. Dann machte ich mich gleich wieder auf die Socken, bis zum Kindergarten ist es glücklicherweise nicht weit. Merle sah wirklich fiebrig aus und Anton sah aus, als wollte er gleich losheulen.
Ich zog ihnen ihre Jeansjacken an und wir machten uns auf den Heimweg. Merle wimmerte und ich musste sie tragen, und als wir endlich zu Hause ankamen, war ich fix und fertig.
Ich klingelte und Alix öffnete die Haustür.
»Och, sind die süß!«, schmalzte sie nach einem Blick auf Merle und Anton. »Das sind ja Zwillinge!«
»Hab ich nie bestritten«, japste ich.
»Komm, ich nehme sie dir ab«, bot Alix an und Merle rutschte bereitwillig auf ihren Arm.
Das wunderte mich.
Sie ist sonst bei unbekannten Leuten eher abweisend.
»Komm, zeig mir mal euer Zimmer«, sagte Alix zu Anton und der zockelte brav los – auch eine Seltenheit.
»Ruh dich aus, wir können gleich essen«, sagte sie noch, bevor sie im Kinderzimmer verschwand.
Eigentlich kann ich es ja nicht leiden, wenn man mich rumkommandiert, aber ich war wirklich ziemlich k. o.

nach der Schlepperei und verzog mich zu Holle in die Küche, um eine Flasche Apfelsaft zu trinken.
»Die ist doch ein Einzelkind«, sagte ich zu Holle. »Wieso steht sie dann so auf dieses kleine Gemüse?«
»Na, vielleicht deshalb«, sagte Holle, immer ganz die Praktische.
Ich saß am Esstisch und sah ihr dabei zu, wie sie eine Gurke in Scheiben schnitt. Heute sollte es griechischen Salat geben.
»Du kannst die Tomaten achteln«, sagte Holle.
»Keinen Bock«, sagte ich gnatzig.
»Dann mach schon mal die Vinaigrette«, sagte sie ungerührt.
»Virnaigrette, Ihrneegrette, Sieneegrette«, sang ich wütend und stand auf. Ich war nämlich auch sehr hungrig.
Während Holle den Schafskäse würfelte und dann unter die Salatblätter, Gurkenscheiben, Paprikastreifen und Tomatenachtel mischte, machte ich die Soße. Aus dem Backofen drang ein köstlicher Duft: Da wurde das türkische Fladenbrot aufgebacken.
Als wir mit dem Tischdecken fertig waren, wollte ich nach Alix und den Kleinen schauen, aber da standen die auf einmal alle in der Küche.
»Sie haben nichts zu Mittag gegessen«, sagte Alix erklärend und Anton trompetete: »Die haben uns vergessen.«
»Na gut«, sagte ich und verabschiedete mich in Gedanken von einem gemütlichen Mittagessen.
Aber Merle und Anton benahmen sich große Klasse und

ich wurde fast eifersüchtig auf Alix, weil die beiden Miniminster ihr aufs Wort gehorchten.
Nach dem Essen krähte Anton: »Und jetzt vorlesen, ja?«
Alix sah mich an und ich zuckte mit den Achseln.
»Von mir aus.«
Holle und ich stellten das Geschirr in die Spülmaschine und kochten Tee.
Dann ging ich zum Kinderzimmer und öffnete leise die Tür. Merle lag zugedeckt mit ihrer Flickendecke auf dem Sofa und Anton saß auf Alix' Schoß. Beide lutschten am Daumen und hörten Alix zu, die ihnen vorlas. Das Buch kannte ich, es war das von Findus und Pettersson, wo sie den Fuchs vertreiben.
Alix schaute während des Lesens kurz hoch und grinste und da machte ich die Tür wieder zu.
Bitte sehr, wenn sie gern die Kinderfrau spielen wollte – da hatte ich nichts dagegen.
Holle und ich tranken unseren Tee und ich erzählte Holle von meinem Treffen mit Nico. Wie nett er zu mir gewesen war und wie gut wir uns auf Anhieb verstanden hatten. Obwohl sie so tat, als ob sie aufmerksam zuhören würde, merkte ich genau, dass sie mit den Gedanken woanders war. Oder träumte sie am Ende davon, dass Nico auch mal mit ihr reden würde?
Aber da konnte sie lange warten.
Das war mein Nachbar.
Ganz klar.

Alix

Manche Leute wissen einfach nicht, wie gut sie es haben. Linda zum Beispiel.
Immer beschwert sie sich über den Krach und das Durcheinander, das ihre beiden Geschwister machen, und wenn sie in der Schule ihren Filzstift nicht findet, heißt es immer gleich: »Das waren die Minis!«
Ich hatte ja nicht gewusst, dass es sich bei den Minis um Zwillinge handelte – schon der erste Eindruck war umwerfend – so zwei süße Zwerge, nein wirklich!
Als ich ihnen vorlas, kuschelten sie sich beide an mich und mir wurde ganz wohlig. Stundenlang hätte ich weitermachen können.
Aber dann kam Lindas Mutter. Frau Pohlmann kümmerte sich um die Zwillinge und ich ging in die Küche zurück und freute mich über den Tee, der da auf mich wartete.
Linda redete pausenlos von Nico, sie hatte die tollsten Phantasien, wie sie ihn dazu bringen wollte, dass er ihr Freund würde, und Holle und ich nickten und grinsten.
Dann klingelte es und Lindas Mutter rief vom Flur: »Linda, hier ist jemand für dich!«
Dann ging die Tür auf und herein kam . . . Nico.

Linda verschluckte sich und hustete, ich klopfte ihr auf den Rücken und Holle winkte auf den leeren Platz und sagte: »Willst du auch eine Tasse?«
»Danke, gern«, sagte Nico und setzte sich.
Linda hatte jetzt Schluckauf und ich hätte gern gelacht, aber dann hätte sie mich bestimmt auf der Stelle umgebracht. Also holte ich für Nico einen Becher und einen Löffel und hörte zu meiner Verblüffung, wie Holle ihn aushorchte.
Sie machte das sehr geschickt.
Und siehe da – Nico hatte vorher in Frankfurt gewohnt!
»Da komme ich auch her«, sagte ich verdattert.
»Ach? Und auf welche Schule bist du gegangen?«, fragte er und auf einmal tauschten wir unsere Frankfurter Erfahrungen aus. Er stammte aus Bornheim, während wir im Westend gewohnt hatten. Er war auch oft am Wochenende auf dem Flohmarkt am Mainkai gewesen und den Palmengarten kannte er natürlich auch.
»Aber jetzt wohnst du in Bremen«, schaltete sich Linda plötzlich dazwischen. »Du bist doch bestimmt nicht gekommen, um in Erinnerungen an dieses hässliche Frankfurt zu schwelgen, oder?«
»Nein«, sagte Nico und dann sagten er und ich fast gleichzeitig: »Aber Frankfurt ist gar nicht so hässlich!«, und mussten lachen und Linda schoss mir einen bösen Blick zu.
»'tschuldigung«, sagte Nico dann und wurde wieder

ernst. »Ich wollte eigentlich nur wissen, ob du dich bei den Rudervereinen auskennst. Ich hab auch schon auf dem Main gerudert und gepaddelt und dachte, hier in Bremen gibt es bestimmt gute Möglich . . .«
»Aber klar!« Linda unterbrach ihn einfach. Höflichkeit war sowieso nie ihre Stärke. »Da bist du hier genau richtig! Ich rudere nämlich selber.« Sie sah auf ihre nackten Unterarme und wurde etwas rot im Gesicht. »Nicht dass man es sehen könnte, aber in unserer Schule gibt es eine Ruder-AG und da haben wir zweimal wöchentlich Training.«
Dann erzählte sie Nico, bei welchem Lehrer er sich anmelden sollte und dass sie schon bei mehreren Regatten mitgemacht hätte und –
»Und überhaupt macht Linda demnächst bei den Olympischen Spielen mit«, frotzelte Holle.
Linda sah sie baff an. Ich auch.
So was hatte Holle sich noch nie getraut.
Aber Nico hatte nichts gemerkt und grinste nur. »Zuzutrauen wär es ihr ja, bei der Energie!«
Und da strahlte Linda schon wieder, nun hatte sie auch noch gepunktet.
»Okay«, sagte ich und stand auf. »Vom Rudern hab ich keinen blassen Schimmer, aber ich muss jetzt langsam nach Hause, tschüss alles zusammen.«
»Wolltest du nicht mit Alix mitgehen?«, fragte Linda daraufhin Holle und der kullerten fast die Augen aus dem

Gesicht. Man musste nur mal dran denken, was für eine Riesenmühe sich Linda noch bis vor kurzem gegeben hatte, um Holle und mich auseinander zu bringen. Und jetzt zwang sie uns beinahe zum gemeinsamen Abmarsch.

Holle knurrte irgendwas und kam mit.

Unten auf der Straße sahen wir uns an.

»Das ist ja ein Ding!«, sagte Holle.

»Hmmm, ein dickes Ding«, sagte ich.

»Ich hätte nie gedacht, dass Linda wegen einem Typen so gemein werden könnte«, fuhr sie nachdenklich fort.

»Und ich hätte nie gedacht, dass du mit einem wildfremden Kerl mir nichts, dir nichts ein Gespräch anfangen würdest.«

Holle grinste. »Null problemo. Joschi bringt doch, seitdem ich denken kann, seine Kumpel mit nach Hause. Da hab ich Übung.«

»Ich nicht.« Ich kickte einen Stein vor mir her. »Ich kannte immer nur wenige Kinder, meistens Mädchen, und ältere schon gar nicht.«

»Dafür hattet ihr ja euer Frankfurt«, sagte Holle und boxte mich in die Seite. »Ganz unerlaubter Vorteil.«

Ich schüttelte den Kopf. »Ich finde, jede von uns hatte eine Chance: Du hast keine Angst vor Jungs, Linda wohnt direkt neben ihm und ich komme aus Frankfurt. Das ist doch ziemlich gerecht.«

»Na, ich weiß nicht.« Holle wechselte ihren Rucksack auf

die andere Schulter. »Es könnte sein, dass er nie wieder mit uns redet. Dann war es das.«
Ich musterte sie von der Seite. Sie hat nicht nur diese seidenglatte Haut, sie hat auch Grübchen, wenn sie so verstohlen grinst wie eben.
»Von mir aus kannst du ihn dir aufs Butterbrot schmieren«, sagte ich. »Ich hab eigentlich gar keine Zeit für solche Sachen.«
»Ach? Und ich dachte, du wärst auch in ihn verknallt?«
»Vielleicht. Vielleicht bin ich ein bisschen verknallt. Aber ich hab auch noch anderes zu tun.«
Komisch, dass keine Glocken läuten oder Sirenen kreischen, wenn man eine richtige Vorhersage macht. Ich hatte eigentlich nur eine ablenkende Bemerkung machen wollen, weil mir das mit dem Verknallen alles zu schnell ging und ich da selbst noch nicht durchblickte.
Aber ich sollte Recht behalten.
Ich hatte demnächst wirklich an ganz andere Dinge zu denken als an diesen Nico.
Leider.

Holle

Linda nervte.
Den ganzen Vormittag über, in allen Pausen quasselte sie von Nico, Nico, Nico.
Wie toll sie ihn fand, wie nett er zu ihr war und wie oft sie jetzt schon mit ihm gesprochen hatte.
Irgendwie ödete mich das an.
Es hörte auch in den folgenden Tagen nicht auf. Am Anfang hörte ich noch aufmerksam zu und fragte sie dieses und jenes, aber nach ein paar vergeblichen Versuchen, das Thema zu wechseln, schaltete ich auf Durchzug und sagte nur noch »Hmm« und »Ach, ja?« und »Och, nee«. Aber Linda merkte das gar nicht. Wahrscheinlich hätte man sie vor einen Stein stellen können und dem hätte sie mit der gleichen Begeisterung von ihrem Nico vorgeschwärmt.
Nico, der Supertyp.
Nico, der begnadete Unterhalter.
Nico, der größte Sportler aller Zeiten.
Ich hörte Linda nicht mehr zu, weil ich mittlerweile wusste, wie viel von ihren Erzählungen freie Erfindung war, denn Nico war viel zu selten zu Hause, als dass er ihr

so oft über den Weg laufen konnte. Nico hockte nämlich abends nicht selten bei uns.
Weil Nico so ein begeisterter Sportler war, hatte er inzwischen Joschi kennen gelernt. Er spielte auch Basketball, und zwar im selben Verein. Und immer öfter, wenn ich abends nach Hause kam, saß Nico bei Joschi im Zimmer.
Ich zergrübelte mir den Kopf nach einem Grund, um in Joschis Zimmer zu gehen, aber mir fiel nur selten was ein.
Manchmal aß Nico auch bei uns mit. Mutti fand ihn sehr sympathisch, und nachdem er mal erzählt hatte, dass seine Eltern in der neuen Wohnung immer noch nicht richtig eingerichtet waren, weil sie das mit den Handwerkern und den neuen Jobs nicht auf die Reihe brachten, lud sie ihn manchmal ein.
Dann unterhielt Lindas Schwarm sich mit Joschi und Vati über Fußball oder Tennisturniere und ich saß dabei und versuchte ihn nicht zu sehr anzustarren.
Aber niemand achtete groß auf mich und manchmal, wenn ich Nico den Brotkorb reichte und seine Hand berührte, kriegte ich von oben bis unten Gänsehaut. Während Mutti die Schüsseln herumreichte und alle zum Essen drängte, hatte ich viel Zeit, Nico anzuschauen, seine Stimme zu hören und ab und zu eine kleine Berührung zu organisieren.
Das genügte mir.
Jedenfalls bis jetzt.
Mutti arbeitete immer noch bei der Tankstelle, aber sie

fand die Arbeit mittlerweile gar nicht mehr so übel, weil ihr keiner reinredete und die Kunden meistens ganz nett waren. Deshalb war die Stimmung bei uns wieder ganz normal und ich traute mich jetzt auch, in unserem Kochklub ab und zu ein teures Essen vorzuschlagen.
Mutti fand die Idee mit dem Kochklub große Klasse und freute sich, wenn ich abends manchmal einsprang und eins von den Gerichten kochte, die ich von Alix gelernt hatte.
Doch nicht alle Ideen kamen von Alix, obwohl sie von uns dreien die meiste Erfahrung hatte. Manchmal suchten wir uns auch etwas aus einem Kochbuch heraus. Nicht alles klappte, eine Majonäse wurde ums Verplatzen nicht dick und meine Sachertorte blieb flach wie ein Schokobrett, weil der Eischnee nicht richtig steif wurde.
Linda findet das zwar blöde, wenn wir Kuchen als Mittagessen backen, weil sie nicht so auf Süßes steht, aber Alix und ich bestehen manchmal auf einer Nachspeise und dann grummelt sie zwar, aber zum Schluss isst sie auch davon.
Eigentlich hätte ich mit meinem Leben total zufrieden sein können: Meine beiden besten Freundinnen vertrugen sich inzwischen meistens ganz gut, Nico saß ab und zu abends bei uns am Tisch und in der Schule lief alles auch ganz gut.
Seitdem Alix sich von mir in manchen Fächern helfen ließ, merkte ich erst, wie viel ich schon kapiert hatte und dass ich gar nicht so dumm war, wie ich früher geglaubt hatte.

Alles lief also paletti – na ja, bis auf die Sache mit Nico – aber, ehrlich gesagt, wenn er mit mir ins Kino gewollt oder mich geküsst hätte, weiß ich nicht, was ich getan hätte.
Aber dann passierte es.
Alix fehlte in der Schule.
Linda und ich dachten uns nichts weiter dabei, wir wunderten uns nur, dass sie nicht angerufen hatte, um uns vorzuwarnen. Da der Kochtag donnerstags bei von dem Knesebecks stattfand, hatte es Auswirkungen auf unser Mittagessen.
»Weißt du, was?«, sagte ich zu Linda. »Wir kaufen einfach etwas ein, gehen zu ihr und bekochen sie. Da freut sie sich bestimmt drüber.«
»Klar, können wir machen«, sagte Linda. »Aber ich kann nicht sehr lange bleiben, denn es könnte sein, dass Nico rüberkommt, und dann . . .«
»Linda!«, sagte ich laut und blieb stehen. »Kannst du mal damit aufhören?«
»Ich? Wieso? Womit aufhören?« Sie sah mich ziemlich perplex an, weil ich so noch nie mit ihr geredet hatte.
»Nico hat heute Basketballtraining. Der kommt garantiert nicht.«
Sie hatte plötzlich ganz rote Flecken im Gesicht. »Ach, und woher weißt du das?«
»Weil er im gleichen Verein wie Joschi spielt und die beiden hinterher meistens noch bei Joschi abhängen.«

»Bei Joschi?«, wiederholte sie langsam. »Dann – dann läuft das schon länger? Und dann . . .«
»Ja?« Ich hatte keine Ahnung, was sie meinte.
»Nico ist ganz oft bei euch und du sagst mir nichts?«, sagte sie und ihre Stimme klang ziemlich schrill.
»Nö, warum sollte ich? Du faselst eh die ganze Zeit nur von Nico, Nico, Nico. Sogar wenn wir kochen, geht es dauernd Nico hier, Nico da. Da hatte ich irgendwann keine Lust mehr.«
Linda blieb stehen.
Ich blieb auch stehen.
»Weißt du, was du bist?«, sagte sie ganz leise und kniff die Augen zusammen.
»Nee, was denn?«
»Du bist eine ganz heimtückische, hinterlistige, gemeine –«
»Komm, hör schon auf! Du spinnst doch!«, sagte ich, aber Linda war nicht zu bremsen.
»Du bist eine ganz miese Zicke und ich will nie, nie, nie mehr was mit dir zu tun haben.«
Damit wandte sie sich ab, reckte den Kopf hoch und stapfte davon.
Zuerst wollte ich hinterherlaufen und ihr gut zureden, aber dann dachte ich: *Selber Zicke. Renn doch weg, wenn du willst.*
Schließlich gehörte ihr Nico nicht und da brauchte sie sich doch nicht so bescheuert aufzuführen.

Linda

Holle eine falsche Schlange!
Wer hätte das gedacht? Da tut sie immer so, als würde sie sich nichts aus Jungs machen, und dann ...
Nein, also ehrlich!
So eine verlogene, widerliche, gemeine Zicke!
Ich war so wütend, dass ich fast an unserem Haus vorbeigelaufen wäre. Oben schmiss ich mich auf mein Bett und starrte die Decke an.
Und so was war meine beste Freundin!
Tsss, die war meine beste Freundin gewesen!
Das war vorbei, erledigt, vergessen, jawohl!
Ich drehte mich auf den Bauch und schlug mit aller Macht in meine Kissen. Ich brauchte mir nur vorzustellen, das wäre Holle und ich würde ihr eine semmeln.
Klatsch!
Die hatte gesessen!
Wumm!
Ja, da kuckst du, was?
Ich drosch mit voller Kraft auf Kissen, Bettdecke, Plüschtiere ein und anschließend schleuderte ich alles, was vor dem Bett lag, an die Wand.

Nicht alles, bei dem Porzellanbecher war Stopp.
Glücklicherweise war nichts kaputtgegangen, bloß hingen mein T-Shirt jetzt an der Lampe und meine Jeans über dem Schrank.
Rumtoben brachte auch nichts. Ich hockte hier allein herum, während dieser falsche Fuffziger Holle sich bei Alix amüsierte.
Ich ging ins Bad, wusch mein Gesicht und starrte in den Spiegel.
Nein!
Alix war schließlich auch meine Freundin.
Na gut, vielleicht nicht von Anfang an, aber inzwischen kamen wir ganz gut miteinander klar. Ich würde dieser Schlange Holle nicht so einfach das Feld überlassen. Ich würde zu Alix fahren und ihr reinen Wein einschenken, damit sie wusste, was für eine falsche Freundin das war. Eine, die einem hinterrücks den Freund ausspannte.
Obwohl –
Eigentlich war Nico nicht mein Freund, so sehr ich mir das vielleicht auch wünschte.
Ich zog meine Jeansjacke an und schnappte mir meinen kleinen Rucksack. Nichts wie weg, bevor meine süßen kleinen Geschwister aus dem Kindergarten anrückten.
Ich hatte dringend etwas zu erledigen.

Alix

Ich hätte es ahnen müssen.

Ich hätte wissen müssen, dass da was im Busch war.

Aber ich war so glücklich mit Holle und Linda, weil ich jetzt richtig dazugehörte. Und ich fand unsere Kochmittage super, weil das Kochen zu dritt viel mehr Spaß machte als allein. Und oft verbrachten wir auch noch die übrigen Nachmittage zusammen, wir machten Stadtbummel oder ich besuchte Linda und meistens spielte ich dann auch ein bisschen mit Anton und Merle. Ich las ihnen was vor oder wir saßen bei Scherers in der Küche und Siri schnurrte auf meinem Schoß. Ich kam mir vor, als ob ich zum ersten Mal so was wie eine Familie hätte. Na ja, Leihfamilie.

In der Schule klappte es auch, ich kam ganz gut mit. Und deshalb achtete ich nicht auf die Warnzeichen.

Mama hatte seit dem Einzug keinen schlimmen Migräneanfall mehr gehabt und sie jammerte auch nur noch selten über die stoffeligen Bremer, weil sie immer öfter unterwegs war – auf Partys und im Theater, bei Konzerten und im Restaurant. Zu Hause saß sie am Flügel und spielte und spielte. Sie bekam reichlich Aufträge und am Wochenende saß oft irgendein Kind in Sonntagsklamotten im Wohnzimmer und langweilte sich, während sie Skizzen für das Porträt anfertigte. Sie telefonierte oft, meistens mit irgendeinem Mann, weil sie kicherte und hauchte, was sie bei normalen Telefonaten nicht tut, und abends kam sie oft sehr spät nach Hause.

Ich freute mich darüber und dachte, unser Leben fern von Frankfurt hätte sich allmählich ganz gut eingependelt.

Pustekuchen.

Als ich an diesem Mittwoch nach einem langen Teekränzchen mit Linda und Holle nach Hause kam, war alles dunkel, aber die Wohnungstür war nicht abgeschlossen. Das bedeutete, dass Mama da war.

Ich lauschte.

Nix.

Dann hörte ich ein Geräusch aus ihrem Schlafzimmer.

Ich öffnete ganz leise die Tür.

Sie lag angezogen auf ihrem Bett, hatte den Kopf in ihr Kopfkissen vergraben und heulte ganz fürchterlich. Es schüttelte sie am ganzen Körper und sie bohrte bei jedem Schluchzer verzweifelt ihren Kopf noch tiefer ins Kissen, sodass sich alles merkwürdig gedämpft anhörte.

Ich setzte mich auf den Rand ihres Bettes und streichelte sie ganz sacht über den Rücken. Sie drehte den Kopf ein bisschen, sah mich und heulte von neuem los. Sie schluchzte und wimmerte und jaulte, dass mir schier das Herz brach.

Ich stand auf und holte eine Packung Papiertaschentücher, dann machte ich ihr einen kühlen Umschlag, danach eine heiße Wärmflasche für die Füße und schließlich holte ich aus dem Wohnzimmer die Kaschmirdecke und deckte sie damit zu.
Sie schluchzte immer noch, aber es schüttelte sie nicht mehr von Kopf bis Fuß. Endlich ebbte das Weinen ab, dann hörte es ganz auf.
Ich saß auf der Bettkante und mir war, als ob es mich innerlich zerreißen würde. Irgendwie ist es nicht richtig, wenn die Mütter weinen, heulen ist eher was für Kinder.
Irgendwann setzte sie sich hin, putzte sich die Nase und rieb sich mit der Hand langsam über die völlig verquollenen Augen.
»Migräne?«, fragte ich leise.
Mama schüttelte den Kopf.
»Schmerzen?«
Mama sah mich an. Dann sagte sie mit fast tonloser Stimme: »Er ist verheiratet!«
»Wer?«, fragte ich verblüfft. Damit hatte ich nicht gerechnet.
»Moritz Hertogh, du weißt doch.«
Aha, der Herr mit gh. Nein, eigentlich wusste ich nichts, ich hatte kaum mehr als zehn Sätze mit ihm gewechselt, wenn er Mama abholte oder wieder brachte.
Ich begriff.
Offensichtlich hatte sie geglaubt, mit Herrn Hertogh wä-

re es was Ernsteres und nun war er zu seiner Frau zurückgegangen oder so. Nichts Neues, das konnte man sich jeden zweiten Abend im Fernsehen anschauen.
»Was soll ich bloß tun?«, fragte Mama jämmerlich und zog die Schultern hoch, als ob ihr kalt wäre. »Es ist aus. Und ich ertrag es nicht!«
Ihre Mundwinkel zuckten, als ob sie wieder losheulen würde.
Ich umarmte sie und sagte: »Der ist doch gar nicht so wichtig, Mama! Du bist schön, du bist eine Künstlerin und dir laufen die Männer in Scharen nach! Lass den doch sausen, der war halt nichts für dich.«
Sie sah mich an und lächelte traurig. »Danke, Alix. Du meinst es lieb. Aber ich bin total am Ende, und wenn es dich nicht gäbe, dann . . .« Ihr Blick wanderte zu dem Tischchen neben ihrem Bett und blieb an der Ansammlung von Medikamentenschachteln hängen, die dort lagen. Tropfen gegen Müdigkeit, Tabletten gegen Depressionen, Pillen gegen Migräne, Schlaftabletten . . .
SCHLAFTABLETTEN?
Ich sah sie entsetzt an, aber sie winkte müde ab. »Keine Angst, ich geb noch nicht auf. Aber ich hatte mir solche Hoffnungen auf einen Neuanfang gemacht! Alles schien zu stimmen: Er war klug, gebildet, liebte Kunst und Musik, war ein angenehmer Gesellschafter . . .«
Sie sah vor sich auf die Decke.
». . . und er war verheiratet«, beendete ich den Satz, damit

sie vor lauter guten Eigenschaften nicht den einen gewaltigen Pferdefuß bei diesem feinen Herrn vergaß. »Es gibt bestimmt noch viel bessere Typen, die nicht verheiratet sind! Was hat der überhaupt für einen miesen Charakter, dass er trotz Ehefrau mit anderen Frauen rummacht!«

»Er hat nicht mit mir . . .«, fing sie an und dann übermannte sie wieder ihr Elend und sie schluchzte von neuem los.

Ich umarmte sie und streichelte sie, aber ich wusste nicht, ob sie es mitbekam. Immer wieder sah ich im Geist den Stapel Pillenschachteln vor mir und mir wurde ganz eisig bei dem Gedanken, dass sie sich in ihrer Verzweiflung etwas antun könnte. Sie war vielleicht ein bisschen seltsam und ihre Migräneattacken gingen mir schrecklich auf den Nerv, aber sie war meine Mama und ich hatte sie lieb.

Irgendwann hörte sie auf zu weinen und irgendwann schlüpfte ich zu ihr unter die Decke und dann muss ich eingeschlafen sein.

Als wir aufwachten, war es heller Morgen und halb elf.

Tja, damit war dieser Schultag wohl gelaufen!

Als ich mich vorsichtig aus dem Bett rollte, wurde Mama wach. Während der nächsten fünf Minuten war nicht klar, ob sie wieder ins heulende Elend zurückfallen würde, aber dann entschied sie sich für Frühstück.

Ich flitzte los und kaufte Pampelmusen ein, Toastbrot und Orangenmarmelade, Bacon, Schnittlauch und Baked Beans und dann machte ich uns ein erstklassiges englisches Frühstück.

Das hatte ich nach der letzten Nacht echt nötig und sogar Mama bröselte und stocherte nicht nur auf dem Teller herum, sondern aß mindestens die Hälfte der Portion, die ich ihr auf den Teller packte.

Sie sah immer noch ziemlich verschwollen aus und deshalb überredete ich sie zu einem Schönheitsbad mit Duftöl und Peeling.

Währenddessen räumte ich die Küche auf und überlegte.

Plötzlich durchzuckte mich ein Riesenschreck: Heute war Donnerstag, Kochklubtag! Und diesmal sollte er bei uns stattfinden!

Ich sah auf die Armbanduhr: In spätestens zwei Stunden würden Holle und Linda hier auftauchen.

Was sollte ich denen bloß sagen?

Holle

Ich hatte eine Sauwut auf Linda.
Die behandelte mich wie eine Verbrecherin, dabei hatte ich doch gar nichts gemacht!
Ich hatte bloß was *nicht* gemacht, ich hatte ihr nicht erzählt, dass Nico so oft bei Joschi war.
Na und?
Seit wann muss ich ihr über die Kumpels von meinem Bruder einen Bericht geben? Linda hatte sie doch nicht alle. Pfffft! Die hatte doch echt eine an der Klatsche!
Ich zählte mein Geld – das reichte leider nicht für ein Luxusmenü. Also kaufte ich Spaghetti, eine Dose Tomaten, einen Kopfsalat und einen Bund Petersilie – die war billiger als Basilikum. Parmesan konnte ich mir nicht leisten, also wurde es eine Ecke Gouda.
Damit kam ich bei Alix an.
Die machte ein ganz komisches Gesicht, als sie mir die Tür aufmachte, als ob sie nicht genau wüsste, ob sie sich freuen oder ärgern sollte. Sie legte den Finger an die Lippen und ich nickte. Dann schlichen wir über den Flur in Alix' Zimmer und ich setzte mich in einen von den Sesseln.

»Was ist denn los?«, fragte ich, nachdem sie die Tür zugemacht hatte.
»Pssst!« Sie legte den Kopf etwas schief und lauschte ganz konzentriert. In der Wohnung war es totenstill.
Alix flüsterte: »Meiner Mutter geht es nicht gut, deshalb bin ich heute Morgen zu Hause geblieben.«
Ich nickte. Komische Sitten. Ich konnte mir nicht vorstellen, dass Mutti mich zu Hause bleiben ließ, bloß weil sie Kopfschmerzen hatte oder so.
»Alix?«, rief jemand leise.
Alix sagte: »Ich komme«, und verschwand.
Ich saß da und wunderte mich.
Im Flur war Stimmengemurmel, aber ich konnte nichts verstehen. Dann klappte eine Tür, es schepperte ein bisschen, also war es die Wohnungstür, denn die hat Glasscheiben.
Alix kam zurück und atmete tief durch.
»Was hast du denn in der Tüte?«, fragte sie.
»Nudeln und Tomaten«, sagte ich.
Sie grinste. »Komm, ich hab zwar spät gefrühstückt, aber ich hab schon wieder Hunger. Wo ist eigentlich Linda?«
Ich zuckte mit den Achseln. »Zickt rum, weil ich ihr nicht erzählt habe, dass Nico oft mit Joschi abhängt. Die spielen nämlich zusammen Basketball. Und jetzt findet Linda, dass ich eine Verräterin bin.«
»Ach was? Linda ist sauer auf dich? Bloß weil du ihren

kostbaren Nico manchmal zu sehen kriegst? Ich fass es nicht!« Alix lachte und ich lachte auch.
Als wir uns gerade zum Essen an den Tisch setzen wollten, klingelte es. Wir sahen uns über den Tisch hinweg an und grinsten.
»Linda!«, sagten wir beide gleichzeitig.

Linda

Ohne mich wären die beiden Tussis doch gar nicht darauf gekommen, dass man bei Alix' Mutter was machen konnte.

»Wenn du Angst hast, dass sie sich was antut, weil der Kerl sie sitzen ließ, dann muss man eben einen neuen Kerl für sie finden!«

Eine wackelige kleine Sekunde lang hatte ich Angst, dass Holle sagen würde: »Und dann sollen wir wohl für dich einen neuen Nico finden?«

Aber sie sagte nichts, sondern rollte sorgfältig Spaghettischlangen um ihre Gabel.

Ich nahm mir noch mal eine Portion, schließlich hatte ich heute Mittag noch keinen Krümel gegessen.

»Einen neuen Kerl?« Alix saß da, die volle Gabel war auf halbem Weg zu ihrem Mund in der Luft stehen geblieben.

»Na klar«, sagte ich. »Wir müssen irgendeinen Typen finden, der sich um sie kümmert. Sie braucht jetzt Bestätigung durch einen Mann – ist doch klar.«

»Hm«, sagte Alix. »Ich kenne aber keine Männer. Und schon gar keine unverheirateten Männer.«

»Das gibt es doch nicht!« Ich schnaubte und versprühte dabei leider Tomatensoße auf den Tisch. »Du musst doch irgendeinen Typen kennen.«
»Nee, ehrlich, ich wüsste keinen.«
Jetzt wandte ich mich Holle zu. »Aber unsere Holle weiß bestimmt einen, was? Holle kennt sich mit Männern aus!«
Damit hatte ich der blöden Kuh aber eine reingezwiebelt.
»Ich kenne mich höchstens mit Jungs aus«, sagte Holle ganz ruhig.
Ich war baff. So kannte ich Holle noch gar nicht.
Ich drehte mich wieder zu Alix um. »Denk mal nach! Wer war denn sonst noch hier in der Wohnung?«
Alix sah mich an, zog die Mundwinkel nach unten und hob die Handflächen nach oben. »Niemand. Manchmal wurde sie abgeholt, wenn ich schon im Bett war, oder sie traf sich mit jemandem auf 'ner Party oder so.«
»Willst du damit sagen, dass du noch nie einen erwachsenen Mann bei euch gesehen hast?« Mir fielen fast die Augen aus dem Kopf.
Alix grinste. »Doch, ganz zu Anfang, nachdem wir hier eingezogen waren, da kam mal ein Klavierstimmer. Das war mit Sicherheit ein Mann. Aber ich hab keine Ahnung, ob der verheiratet war.«
»Und? Wie ist deine Mutter mit ihm klargekommen? Mochte sie ihn? War da Sympathie?« Ich fühlte mich wie ein Jagdhund auf der Fährte.

Alix versuchte sich zu erinnern und kniff die Augen zusammen. »Sie hat gar nicht mit ihm geredet, das hab ich gemacht. Sie hatte nämlich Migräne.«

»Und? Hätte er ihr gefallen? Was meinst du?« Ich bohrte mit der leeren Gabel ein Loch in die Luft. »Fandst du ihn nett?«

Alix hob die Schultern und ließ sie wieder sinken. »Keine Ahnung. Ich weiß nur noch, dass er unseren Flügel toll fand.«

»Na bitte!« Das hörte sich schon besser an. »Das ist doch schon mal was.«

Holle kicherte auf einmal los. Ich warf ihr einen bösen Blick zu: Was sollte das denn?

«Ist was?«, fauchte ich sie an.

»Du kannst doch nicht einen Klavierstimmer mit Alix' Mutter verkuppeln, bloß weil er ihren Flügel gut fand!«

»Du denkst mal wieder nicht.« Holles blöde Bemerkung verdiente eigentlich keine Antwort, aber ich war jetzt in Fahrt und spreizte die Finger der linken Hand und zählte mit der Rechten die einzelnen Finger ab. »Erstens liebt er Musik, zweitens liebt sie Musik, drittens sieht er gut aus, viertens sieht sie gut aus, fünftens fand Alix ihn ganz nett . . .«

Alix prustete los. »Mensch, Linda, du hast sie doch nicht alle! So funktioniert das doch nicht!«

Ich hasse es, wenn man mir in die Parade fährt. Und noch schlimmer finde ich es, wenn die Leute nix kapieren.

Holle seufzte theatralisch, die hatte auch noch nicht gecheckt, was Sache war.
»Natürlich funktioniert das nicht immer«, sagte ich genervt. »Aber es ist immer einen Versuch wert.«
»Na gut«, lenkte Alix ein. »Was schlägst du vor?«
Ich schob eine Gabel voll Salat in den Mund und kaute langsam. Beim Essen kann ich immer gut nachdenken. »Hm. Erst mal muss man rauskriegen, ob er verheiratet ist. Hast du seine Telefonnummer?«
»Ja. Die hängt hier am Pinnbrett. Was willst du damit?«
»Sie aufessen, du Dussel. Gib mal her.«
Alix gab mir eine Visitenkarte und ich sah sie mir genau an. »Er wohnt in Finndorf, ganz nahm beim Bürgerpark, das ist schon mal nicht schlecht.«
»Hä?«, fragte Holle. Die blickte immer noch nicht durch.
»Das heißt, dass er ein bisschen Knete hat. Die Wohnungen oder Häuser dort sind nicht billig.«
Ich stand auf und holte das Telefon von der Basis auf dem Flurtisch. »So, jetzt seid mal leise.«
Das hätte ich gar nicht zu sagen brauchen, denn Alix und Holle saßen total sprachlos da und sahen zu, wie ich die Nummer wählte.
Es tutete am anderen Ende.
Dann hob jemand ab und ich konnte deutlich hören, wie jemand »Hahne« sagte.
»Guten Tag«, sagte ich mit meiner besten Erwachsenen-

stimme. »Hier ist die AOK. Berger mein Name. Könnte ich bitte mal Frau Hahne sprechen?«

Ich konzentrierte mich ganz auf meinen Gesprächspartner. Dann sagte ich sehr höflich: »Oh, dann sind meine Unterlagen nicht mehr ganz korrekt. Entschuldigen Sie bitte die Störung.«

Ich drückte auf die Aus-Taste und sah die beiden anderen triumphierend an. »Seine Mutter ist tot und er hat keine Frau.«

»Linda, du bist – du bist . . .«, fing Alix an und dann lachte sie los und Holle konnte sich auch nicht mehr beherrschen. Ich grinste zuerst von einem Ohr zum andern und dann lachte ich mit.

»Du bist ja 'ne Nummer«, stöhnte Alix.

»Aber ehrlich«, sagte Holle.

»Ich habe eben Ideen.« Ich war sehr zufrieden mit mir und deshalb redete ich auch wieder mit Holle.

»Jetzt müssen wir beraten, wie wir weiter vorgehen.«

»Aber wer will denn vorgehen?«, sagte Alix. »Das geht doch nicht, ich kann doch nicht Herrn Hahne einen Antrag von meiner Mutter machen oder wie stellst du dir das vor?«

Ich sagte nichts, sondern dachte nach.

Holle räusperte sich. »Es muss alles ganz zufällig aussehen, dann kann uns auch niemand später Vorwürfe machen.«

»Zufällig, ja?« Ich sah Holle von oben runter an, was sie, wie ich sehr gut weiß, überhaupt nicht leiden kann. Vielleicht bekam sie daraufhin vor lauter Wut die tolle Idee.

Holle

Das hätte mir Linda wohl gar nicht zugetraut. Dass ausgerechnet ich mit der rettenden Idee rüberkam.

Ich hatte mir Folgendes überlegt: Wenn an dem Flügel was nicht stimmt, musste ein Klavierstimmer her. Und wenn der kam, konnte Alix' Mutter ihn kennen lernen. Und wer weiß – vielleicht waren sie sich sympathisch, weil sie beide so auf klassische Musik standen, und schon war Alix' Mutter nicht mehr traurig, weil sie einen neuen Freund hatte.

»Aber wir können den Flügel doch nicht kaputtmachen!«, sagte Alix entsetzt, als sie kapierte, worauf das hinauslief.

»Blödi«, sagte Linda. »Wer spricht denn von kaputtmachen? Als er neulich da war, war das Ding doch auch nicht kaputt, oder?«

»Nee, der war durch den Umzug verstimmt. Flügel sind empfindlich bei Temperaturschwankungen. Deshalb hat meine Mutter da auch ein extra Thermometer und einen Feuchtigkeitsmesser, damit dem guten Stück nichts passiert!«

»Na siehste!«, sagte Linda und war sehr zufrieden. »Das

ist doch schon etwas, das die beiden gemeinsam haben.« Wir schauten sie verständnislos an, also schob sie noch eine Erklärung hinterher. »Die Liebe zur Musik und die Sorge um das Instrument«, sagte sie so langsam, als ob sie Leute mit dem IQ von Zweitklässlern vor sich hatte. »Würde mich nicht wundern, wenn das mit den beiden klappt!«
»Pühhh«, sagte Alix. »Noch klappt gar nichts. Was sollen wir denn am Flügel machen, damit er wieder kommt?«
»Das musst du doch wissen!«, sagte Linda. »Du kennst dich doch mit so was aus. Wir doch nicht.«
»Ich auch nicht«, sagte Alix dann deprimiert. Linda sah sie genervt an. Sie hasste es, wenn Leute sich immer gleich von allem und jedem deprimieren lassen.
»Na, wennschon!«, sagte Linda ziemlich sauer, weil Alix so schisserig war. »Es gibt doch Bücher. Wir müssen uns ein Buch in der Bibliothek holen und dann sehen wir, was man machen kann, damit ein Stimmer kommt.«
»Genau«, sagte ich.
»Siehste«, sagte Linda zu Alix.
»Das war aber meine Idee«, sagte ich schnell, weil Linda so tat, als wäre alles auf ihrem Mist gewachsen.
Linda sah mich an und zuckte mit den Achseln. »Und wennschon«, sagte sie und zwinkerte mir zu. »Du hast ab und zu Spitzenideen.«
»Vergiss das bloß nicht gleich wieder!«
Ich schnitt ihr eine Grimasse.

»Okay, Mädels«, sagte Linda und stand auf. »Jetzt Küche, dann Bibliothek und dann ran an den Feind!«

»Ich weiß nicht«, fing Alix auf einmal an. Offensichtlich waren ihr schon wieder Bedenken gekommen.

»Willst du, dass deine Mutter sich umbringt?«, fragte Linda sie ganz direkt, während ich nach Luft schnappte.

Linda ist immer dafür, dass die Sachen glasklar auf den Tisch kommen.

Alix sah sie an und verdrehte die Augen. »Was für eine saublöde Frage!«

»War ja auch keine«, sagte Linda. »Ich wollte nur ein bisschen mehr Unterstützung, das ist alles!«

Alix

Mit Freundinnen ist alles nicht so schlimm.

Nach der Nacht mit meiner total zusammengeklappten Mutter hatte ich die ganze Zeit gegrübelt, was man tun könnte, damit es ihr wieder besser ging, aber mir fiel nichts ein.

Ganz kurz hatte ich daran gedacht, ob ich Papa anrufen sollte, aber das hätte bloß zu endlosen Komplikationen geführt – und ob er derjenige war, von dem sie sich trösten ließ?

Eher nicht.

Zum ersten Mal wurde mir aber klar, wie wenig ich von meiner Mutter wusste.

Manchmal hatte ich einen Bekannten von ihr am Telefon, aber meistens wusste ich gar nicht, welcher Mensch zu dieser Stimme gehörte. Und dann fiel mir etwas auf: Sie hatte keine Freundin!

Keine einzige Freundin!

In Frankfurt hatte sie sich ab und zu mit Irene getroffen und war mit ihr shoppen gegangen. Oder mit Eva. Aber hier in Bremen?

Mir ficl keine ein.

Als Linda dann mit ihrem total durchgeknallten Vorschlag kam, war ich viel zu baff, um richtig zu widersprechen.
Als wir zur Stadtbibliothek gingen, um uns über Flügel schlau zu machen, fragte Holle plötzlich: »Und was ist, wenn er schwul ist?«
»Warum soll er denn schwul sein?«, fragte Linda genervt zurück.
»Warum nicht?«, konterte Holle ungerührt.
Ich musste in mich reingrinsen, weil ich es gut finde, dass sie Linda immer öfter widerspricht. Sie ist in den letzten Wochen ganz schön selbstsicher geworden.
»Und wennschon«, wehrte Linda den Einwand ab. »Dann nimmt sie ihn eben nicht als Lover, sondern als Freund. Mehr kumpelmäßig.«
»Du hast das alles schon geplant, was?«, sagte ich. »Wie eine Regisseurin.«
»Irrtum.« Linda lachte. »Ich hab das Drehbuch geschrieben. Und ihr auch.«
»Bin bloß gespannt, ob die Darsteller machen, was im Drehbuch steht«, sagte Holle. »Wahnsinnig gespannt.«
Das war ich schon lange.
War ja schließlich meine Mutter.
Die Hauptdarstellerin, die null Ahnung hatte, dass sie demnächst in einem Stück mitspielen sollte.
Total verrückt.
Eine nette Bibliothekarin gab uns mehrere Bücher. Wir hatten ihr gesagt, wir bräuchten das für die Schule. An-

schließend gingen wir zu Holle, damit meine Mutter uns nicht beim Studium von Klavierbüchern erwischte und sich später mal dazu was denken könnte.
Holles Mutter war schon zu Hause und kochte uns einen Kräutertee und dann saßen wir am Küchentisch und ich lernte jetzt erst alles rund ums Klavier richtig kennen, was ich damals verschmäht hatte.
»Ganz einfach«, sagte Linda und klappte ihr Buch zu.
»Ach ja?«, fragte Holle spöttisch.
Aber Linda ließ sich nicht aus der Ruhe bringen.
»Wir müssen die Spannung von ein paar Saiten lockern.«
»Wir haben doch keinen Stimmwirbel«, widersprach ich. Ich hatte ja gesehen, wie Herr Hahne damals mit dem Stimmwirbel an den Schrauben gedreht hatte, die die Saiten spannen. Ich hatte es bloß inzwischen total vergessen.
»Na und?«, sagte Linda und tat so, als wüsste und könnte sie alles. Damit kann sie einen wirklich sauer kochen. »Schraube ist Schraube, und je nachdem braucht man einen normalen Schraubenzieher, einen Kreuzschlitzschraubenzieher, einen Schraubschlüssel oder so ein Ding, wie es die Automechaniker haben, so einen Drehschlüssel.«
»Na, wenn's weiter nichts ist«, sagte ich. »Das haben wir ja alles im Besteckkasten.«
»Ihr vielleicht nicht«, sagte Holle. »Aber wir. Papa bastelt doch immer am Auto herum und Werkzeug hat er massenhaft.«
»Okay«, sagte Linda und stand auf. »Zeig's uns mal.«

Holle

Mir war ganz schön mulmig, als wir in den Keller in Vatis Werkstatt runtergingen. Er ist mit seinem Werkzeug immer etwas pingelig, alles muss am richtigen Platz sein, sonst kriegt er die Krise. Meistens kriegt er sich da mit Joschi in die Haare, weil der sich ab und zu etwas holt, um sein Rag oder sein Skateboard oder sonst was zu reparieren.
Vatis Ordnungssystem machte es uns aber ganz leicht. Er hatte alle Schlüssel der Größe nach sortiert und fein säuberlich in Plastikschübe gelegt.
Von den Fotos in den Büchern wussten wir, dass die Schrauben nicht größer als höchstens einen halben Zentimeter waren, und suchten nach einem Drehschlüssel, so eine Ratsche, die man von oben auf Schrauben setzt und die beim Drehen einrastet, damit man nicht immer neu ansetzen muss.
Und wirklich: Wir fanden ein Kästchen, in dem so eine Ratsche und verschiedene Aufsätze lagen, und manche davon waren echt winzig.
Ich steckte das Kästchen unter meinen Pullover und wir gingen wieder hoch. Joschi und Nico standen im Flur und beredeten was mit Mutti.

»Hi«, sagte Nico ganz freundlich und kuckte dann etwas verdutzt, als wir nur »Hi!« sagten und uns in mein Zimmer verdrückten.
Alix und ich sahen uns an und Alix zwinkerte mir zu: Wow!
Linda war nicht stehen geblieben, hatte nicht die Gelegenheit genutzt, um wieder eins ihrer Megagespräche mit Nico zu führen oder Joschi ein bisschen anzubaggern ...
»Glotzt nicht so blöd«, sagte Linda da auch schon. Vielleicht hatte sie das Zwinkern mitgekriegt. »Wir haben jetzt Wichtigeres zu tun, als uns mit solchen Bübchen abzugeben.«
»Hört, hört«, murmelte Alix und ich musste grinsen.

Linda

Unser Drehbuch musste zwei Tage auf Eis gelegt werden, dann erst war bei Alix die Luft rein.
»Sie hat einen neuen Auftrag und trifft sich mit dem Kind und seinen Eltern«, sagte sie.
»Und warum tut sie das nicht hier?«, fragte Holle.
»Weil sie es erst in seiner vertrauten Umgebung erleben muss«, sagte Alix. »Und diesmal soll sie den Knaben auf seinem Pony malen – da muss sie ihn erst ein paar Mal hoch zu Ross skizzieren.«
Das mit den verdammten Saiten war viel schwieriger, als ich gedacht hatte, denn wir wollten ja auf keinen Fall, dass irgendwas kaputtging. Und so ein Riesenflügel wie der von Alix' Mutter ist wahnsinnig teuer, das hatte ich gar nicht gewusst.
Zigtausend kostet so ein Monstrum. Also mir müsste jemand was dazubezahlen, ehe ich so ein Trumm in meiner Wohnung aufstellen würde, aber jeder so, wie's ihm gefällt, oder wie Frau Scherer bestimmt sagen würde: Jedem Tierchen sein Pläsierchen.
Wir schauten uns ziemlich bedeppert das Innenleben von diesem Flügel an, als Holle auf einmal sagte:

»Da war doch was mit Temperatur und so, nicht wahr?«
Alix nickte. »Ja, dafür gibt es diese Thermostaten dort.« Sie zeigte sie uns.
Holle grinste. »Dann ist es doch ganz einfach: Wir drehen die Thermostate ab und stellen die Heizung auf volle Pulle. Dann müsste das kostbare Stück doch prostestieren, oder?«
Alix sah Holle entgeistert an. »Aber . . .«
Ich mischte mich ein. »Willst du nun, dass Herr Hahne kommt oder nicht?«
Sie zögerte. »Na ja, hm, doch.«
»Na also.« Holle schnippte mit den Fingern. »Wenn es Probleme gibt, kannst du ja alle Schuld auf Linda und mich abwälzen, weil wir solche Musikvolltrottel sind.«
Das fand ich zwar schwer übertrieben, aber ich sagte nichts mehr, damit Alix endlich in die Hufe kam.
Am nächsten Tag erzählte sie uns, dass ihre Mutter wegen des Pferdebildes ein paar Tage aufs Land musste und dass sie gar nicht merken würde, wenn Alix die Heizung hochdrehte.
Aber es dauerte noch fünf Tage, bis es ein Ergebnis gab. Es war an dem Mittag, als wir bei Alix kochten.
Das heißt, gekocht wurde nicht, denn wir machten uns einen italienischen Salat mit Schinken, Käse und hart gekochten Eiern. Hinterher setzte sich Alix an den Flügel und klimperte ein bisschen. Schon nach wenigen Noten verzog sie das Gesicht, als ob sie Zahnschmerzen hätte.

»Uiuiui«, sagte sie. »Eins ist mal klar: Da ist was verstimmt.«

Holle hatte den Ellenbogen auf den Flügel gestützt und das Kinn auf die Hand gelegt und schaute mich an. »Und wie geht es jetzt weiter, Frau Drehbuchschreiberin?«

Ich tippte noch rasch auf eine Taste, bevor Alix den Deckel wieder runterklappte.

»Ist doch klar! Sie spielt – ist entsetzt – sie ruft ihn an – er kommt her – sie sieht ihm zu, wie er alles wieder in Ordnung bringt – findet ihn klasse – er ist berauscht von ihrem Parfüm – sie gibt ihm beim Abschied ganz lange die Hand – er fragt, ob er sie auch ohne Klavierstimmerei mal wieder sehen darf – sie sagt Ja – sie verabreden sich für den nächsten Tag – gehen spazieren und erzählen sich ihr Leben – stellen fest, dass sie immer nacheinander gesucht haben – und dann . . .« Ich schmatzte mit den Lippen. ». . . Küsschen, Küsschen, sie sind verliebt.«

Alix sah mich entsetzt an.

Holle stupste mich ziemlich unsanft in die Rippen und sagte: »Musst du immer gleich einen Kitschroman draus machen?«

Alix war ganz blass geworden und flüsterte: »Am besten, wir blasen das Ganze ab.«

Wir sahen alle drei auf den großen schwarzen Flügel, der sich wie ein riesiges schwarzes Tier in die Wohnzimmerecke kauerte.

»Zu spät«, sagte Holle. »Jetzt ist er verstimmt.«

Ich fand die beiden ziemlich langweilig. Die hatten keine Phantasie und schon gar keine Ahnung von Liebe.
Holle lachte und sagte: »Es gibt ja auch andere Drehbücher. Hauptsache ist ja, deine Mutter kommt wieder auf andere Gedanken.«
»Das stimmt«, sagte Alix und plötzlich grinste sie. »Raus hier. Das ist heiliges Gelände, hier darf man uns nicht erwischen. Ab in die Küche. Ich habe was vorbereitet.«
Und wahrhaftig, sie holte eine Platte aus der Speisekammer und darauf war ein dicker Kuchen.
»Zitronenkuchen«, sagte sie. »Der ist nicht so süß, Linda, keine Angst. Aber wenn du willst, kannst du ein paar saure Gürkchen dazukriegen.«

Alix

»ALIX!« Mamas Stimme kam aus dem Wohnzimmer.
Ich straffte meine Schultern, holte tief Luft und versuchte total unschuldig aus der Wäsche zu schauen.
Ich brauchte gar nicht so zu tun: Ich *war* unschuldig! Ich hatte diesen verrückten Einfall gar nicht gehabt. Ich hatte nur in den letzten Tagen ein bisschen an der Heizung rumgedreht.
Leider wusste mein Gewissen nicht, dass ich schuldlos war, sondern machte, dass mein Herz wie verrückt wummerte.
Ich ging ins Wohnzimmer.
Mama saß am Flügel und spielte Läufe, die Augen halb geschlossen.
»Da stimmt doch was nicht«, sagte sie. »Der ist doch verstimmt.«
Ich beschloss die Doofe zu spielen.
»Ich höre nichts.«
Sie machte die Augen auf, sah mich an und verzog die Mundwinkel. »Na ja, das wundert mich nicht. Du hast kein besonders gutes Gehör, das wissen wir ja.«
Ich fand das eine Beleidigung, aber ich wollte wegen dieser Sache auf keinen Fall streiten.

»Du meist ehrlich, er ist verstimmt?«

Sie nickte. »Zweifellos.«

»Aber wir hatten doch erst den Klavierstimmer da!«, jammerte ich.

»Stimmt.« Sie spielte jetzt Tonleitern. »Und vor ein paar Tagen hat der Flügel auch noch völlig richtig geklungen.«

»Vielleicht muss er noch mal nachgestimmt werden«, sagte ich.

»Was?« Sie hatte die Stirn gerunzelt und spielte immer wieder den gleichen Akkord. »Schon wieder? Das war unglaublich teuer.«

»110 Euro«, sagte ich. Ich hatte die Rechnung ja entgegengenommen.

»Tja.« Sie stand auf. »Wo war denn noch mal die Nummer? Und wie hieß der Mann?«

»Herr Hahne«, sagte ich und fügte vorsichtshalber hinzu: »Er ist richtig nett und wahnsinnig musikalisch.«

»Das sollte er auch mal lieber sein«, sagte sie grimmig. »Wenn ich ihm so viel Geld in den Rachen werfen muss.«

Holle

Linda und ihre blöden Drehbücher!
Die denkt eben immer, sie könnte alles bestimmen.
Und dann wundert sie sich, wenn alles total anders kommt.
»Alles verratzt«, sagte Alix am Tag, nachdem ihre Mutter das verstimmte Klavier, hm, nee, den Flügel entdeckt hatte.
»Wieso?«, fragte Linda und sah Alix vorwurfsvoll an. »Hast du was verraten?«
Alix sah sie an und tippte sich an die Stirn. »Balla balla, was? Ich grab mir doch nicht mein Grab. Nein, sie hat ihn angerufen und wollte, dass er sofort kommt. Das hat sie letztes Mal auch schon gemacht und er wollte sich von ihr wohl nicht erpressen lassen – jedenfalls hat er gesagt, er wäre voll ausgeplant und könnte frühestens in zwei Wochen.«
»Und dann?«, fragte ich.
Wir hatten in der ersten Stunde Deutsch gehabt und waren auf dem Weg in den Kunstraum. Alix blieb vor der großen Vitrine mit den Erntegöttinnen stehen und tat so, als ob sie die Figuren betrachten würde. Sie beäugte eine dicke, kleine Demeter und seufzte.
»Dann hat sie ihn angemacht.«
»Super«, sagte Linda begeistert.

Alix drehte sich zu ihr um und schnaubte. »Angemacht im Sinne von beschimpft, du Huhn. Sie wurde richtig ausfallend. Ich hab mich gewundert, dass er dann überhaupt noch kommen wollte. Aber wahrscheinlich denkt er, seine Ehre als Klavierstimmer steht auf dem Spiel, denn sie hat behauptet, er hätte seinen Job das letzte Mal nicht ordentlich gemacht.«
»Na und?«, sagte Linda unbeirrt. »Ist doch total egal, ob sie jetzt wütend sind. Er kommt doch erst in zwei Wochen, da kann sich doch viel ändern. Zum Beispiel die Laune.«
Damit drehte sie sich um und ging in den Kunstraum.
Alix und ich folgten ihr langsam.
Linda hat manchmal wirklich das Gemüt von einem Metzgerhund. Oder das dicke Fell von einem Grizzlybären. Eigentlich beneidenswert. Immer denkt sie, es kommt alles so, wie sie es will.
Als wir uns am nächsten Tag bei uns trafen, kuckte sie schnell in alle Zimmer.
»Was soll das denn?«, fragte Alix. »Denkst du, hier liegen irgendwo Räuber unterm Bett oder was?«
»Ich wollte mich nur mal umsehen«, sagte sie so unschuldig, dass ich lachen musste.
»Bestimmt denkt sie, Nico versteckt sich hier irgendwo«, sagte ich. »Und traut sich vor lauter Angst vor uns nicht raus.«
»Und?«, fragte Linda kein bisschen beleidigt. »Meinst du, er kreuzt heute noch auf?«

Ich machte mich gerade dran, das Mehl für die Pfannkuchen abzuwiegen.
»Nerv mich nicht, ich muss mich konzentrieren.«
»Heute bestimmt nicht«, sagte Alix. »Die haben erst morgen wieder Training.«
»Hach!«, sagte Linda mit funkelnden Augen. »Und woher weißt du das?«
»Weil Joschi mir das gesagt hat«, sagte Alix und ich merkte, wie sie sich ein Grinsen verkniff.
»Joschi? Hm.« Man konnte richtig sehen, wie sich in Lindas Hirn die Rädchen drehten oder die Zellen Überstunden machten oder was immer da abläuft, wenn die Leute angestrengt nachdenken. Wahrscheinlich überlegte sie, ob sie wegen Joschi eifersüchtig sein sollte, weil sie den doch vor Nico lange Zeit gut gefunden hatte. Aber dann fiel ihr wohl selbst auf, dass man nicht alle Typen gleichzeitig für sich beanspruchen darf. »Und wo hast du ihn getroffen?«
»Ist das ein Verhör?«, fragte Alix zurück.
»Nö. Wenn du's nicht sagen willst, behalt es eben für dich«, sagte Linda pikiert. Sie ist manchmal schnell beleidigt.
»Es ist kein Geheimnis«, sagte Alix und lachte ein bisschen. »Wir sind uns auf der Straße begegnet. So was kommt vor, weißt du?«
Sie schlug die Eier in die Schüssel und stellte das Rührgerät an. Dabei kann man sich schlecht unterhalten und Linda deckte schon mal den Tisch.

Der Pfannkuchenteig muss immer erst eine halbe Stunde quellen, deshalb gingen wir dann in mein Zimmer. Linda schmiss sich auf mein Bett, Alix setzte sich in den Schaukelstuhl, ich auf den Schreibtischstuhl. Viel mehr passt auch nicht in mein Zimmer, aber ich finde es trotz seiner Winzigkeit sehr gemütlich.

»Erzähl schon«, forderte Linda.

»Was?« Alix riss unschuldig die Augen auf.

»Blöde Gans. Von dem Zusammentreffen mit Joschi natürlich.«

»Da gibt es nichts zu erzählen.« Alix schaukelte hin und her und biss sich auf die Unterlippe. »Ich sagte Hallo, er sagte Hallo, nee, warte mal, es war umgekehrt, also: Er sagte Hallo und dann sagte ich Hallo und dann . . .«

Sie duckte sich, um dem Kissen zu entgehen, das Linda nach ihr geschleudert hatte.

Wir lachten, auch Linda.

»Es war weiter nichts, ehrlich. Er hat nur gefragt, wann wir wieder bei Holle kochen, und da hab ich gesagt, morgen, und da hat er gesagt, da ist er bei einem Kumpel, weil er übermorgen Training hat. Zufrieden?«

Linda zog einen Flunsch. »Hmmm. So wünsche ich in Zukunft immer informiert zu werden. Sklavin, du kannst gehen.«

So ist sie nun mal.

Entweder man kann das ab oder man muss ihr die Freundschaft kündigen.

Linda

Ich war gespannt wie ein Flitzebogen, ob mein Drehbuch mit Alix' Mutter und diesem Klaviermenschen stimmte. Leider dauerte es endlos lang, bis der gute Mann zu den von dem Knesebeckdamen kam. Eigentlich müsste man ja sagen: die Damen von dem Knesebeck.
Also ich würde ja ums Verplatzen nicht so heißen wollen und wenn es zehnmal Adel ist. Ich bin doch nicht die Frau *von dem!* Also, ich will meine eigene Frau sein, ganz klar.
Meine Sache mit Nico kam irgendwie auch nicht weiter – ich traf ihn nicht mehr auf der Straße, obwohl ich ein paar Mal richtig Patrouille lief: auf und ab, auf und ab, bloß um ihm über den Weg zu laufen.
Damit die Nachbarn nichts merkten, tat ich so, als hätte ich was verloren. Als dann aber die alte Frau Schultes rauskam und fragte, was ich denn suchte, sagte ich schnell was von einem Portmonee und verschwand. Denn entweder liegt ein Portmonee auf dem Gehweg oder es liegt da nicht, aber das kann man ja wohl kaum zehnmal übersehen.
Bei dem Gedanken, dass Nico jede Woche mindestens

einmal bei Holle in der Wohnung war, wurde ich zwar grün vor Neid, aber mir war klar, dass das nicht Holles Schuld war.
Wenn ich doch bloß einen großen Bruder gehabt hätte! Dann hätte der mit den beiden anderen im selben Verein spielen können und dann wären alle drei zu uns nach Hause gekommen und ich hätte zum Beispiel mal nur mit dem umgewickelten Handtuch aus dem Bad kommen können ...
Ich wüsste gern, ob Holle das schon mal gemacht hat. In Filmen funktioniert das meistens, die Jungs kriegen dann so einen schwiemeligen Blick und finden das Mädchen toll und laufen ihr ab dann nach.
Abends lag ich in meinem Bett und seufzte, weil ich nicht wusste, ob ich mir einen küssenden Nico vorstellen sollte.
Wenn der nun inzwischen Holle küsste!!!
Wir kochten Frikadellen mit Kartoffelbrei bei uns und Hühnchen asiatisch bei Alix und Brokkoli-Sahne-Suppe bei Holle, und wenn ich nachfragte, schüttelte Alix immer den Kopf und sagte: »Er kommt doch erst am Zwölften. Hast du das denn vergessen?«
Natürlich hatte ich es nicht vergessen, aber manchmal denke ich, dass man durch Fragen die Dinge irgendwie beschleunigen kann.
Der Zwölfte war an einem Donnerstag und da wollten wir eigentlich bei Alix kochen. Wir wollten aber die Operati-

on Knesebeck-Hahne nicht gefährden und deshalb ging Alix nach Hause und Holle kam mit zu mir.
Wir waren so gespannt, dass wir fast gar keinen Hunger hatten. Wir machten uns nur einen französischen Toast mit gekochtem Schinken und überbackenem Käse. Ich war ganz baff, als ich merkte, dass ich vor lauter Spannung drei Stück davon gegessen hatte!
Endlich klingelte das Telefon.
Es war Mama.
Sie hatte schon bei Alix angerufen und die hatte ihr gesagt, dass wir bei uns wären. Sie wäre heute spät dran und ich sollte nachher Anton und Merle abholen.
So ein Mist!
Immer, wenn es richtig spannend wird, muss ich mich um die beiden Minis kümmern!
Ich knirschte mit den Zähnen, aber Mama hatte schon aufgelegt.
Danach klingelte nichts mehr und schließlich musste ich los.
Noch nie waren Anton und Merle so fix nach Hause getrabt! Ich hatte ihnen nämlich ein dickes Eis versprochen, wenn sie ganz schnell machen würden, und sie sind ganz verrückt nach Eis. Deshalb meckerten sie nicht mal, sondern wieselten fix neben mir her.
Als wir dann endlich zu Hause ankamen, nickte Holle mit dem Kopf.
»Sie hat angerufen.«

»Und?«, fragte ich.
»Ich will ein Eis«, sagte Merle.
»Geht schon mal spielen«, sagte ich.
»Nee«, sagte Merle. »Ich will erst mein Eis.«
»Ich auch«, sagte Anton und schob schon mal die Unterlippe vor. Das ist das Zeichen, dass er gleich heult.
Ich zog vor Wut eine Grimasse, aber das beeindruckte sie nicht. Mir blieb also nichts übrig, als noch mal ganz schnell loszuziehen und das Eis zu kaufen. Auf dem Rückweg vom Eiscafé begegnete mir Nico.
Warum muss immer alles zur falschen Zeit passieren?
»Hi«, sagte er und blieb stehen.
Ich natürlich auch.
»Und wie?«, sagte ich.
»Och, ganz gut.«
Er sah auf irgendeinen Punkt über meiner Schulter und ich drehte mich um, aber da war nichts.
»Wie läuft denn das Training so?«, fragte ich nach.
»Ganz schön taff.«
»Ach ja?«
»Hmmm.«
Irgendwie war mir nicht nach einer Verlängerung dieser wahnsinnig spannenden Unterhaltung und ich zeigte auf meine Eistöpfchen. »Ich hab grad Eis für meine Geschwister geholt.«
»Ach so.«
»Ja. Das schmilzt, deshalb muss ich jetzt leider los.«

Er könnte doch mal danach fragen, ob ich wieder runterkäme, dieser Stoffel. Aber nix da!

»Okay. Bis dann.«

»Bis wann?«, fragte ich, aber er grinste nur, hob eine Hand und lief weiter.

Meine Güte, Jungs sind manchmal wirklich zu bescheuert.

Oben gab ich Anton und Merle ihr Eis und dann setzte ich mich mit Holle in die Küche, damit die beiden ihre Kleckerei dort erledigten.

Während Anton und Merle sich also mit den Plastiklöffeln das Eis reinpfiffen, erzählte mir Holle, was Alix am Telefon gesagt hatte.

»Er kam und Alix' Mutter hat ihm aufgemacht. Dann hat sie sich ans Klavier gesetzt und ihm vorgespielt, dass es verstimmt war.«

»Das ist doch schon mal gut«, sagte ich begeistert. »Da weiß er doch gleich, was sie für eine Wahnsinnspianistin ist.«

»Hm«, sagte Holle. »Sie haben sich dann gestritten.«

»Warum?«

»Weil er sich nicht erklären konnte, wie es innerhalb so weniger Monate zu solch einer Verstimmung kommen konnte, und behauptete, sie hätte was verkehrt gemacht.«

»Ach so.« Obwohl, ich finde streiten gar nicht so schlimm, viele Liebespaare streiten sich am Anfang. Sonst könnten sie sich schließlich nie versöhnen, oder?

»Sie war total beleidigt und hat ihm ihren Feuchtigkeitsmesser und den ganzen Kram gezeigt und gesagt, er soll sich entschuldigen. Das wollte er nicht, weil er gute Arbeit geleistet hätte oder so in diesem Sinn. Na ja, und das Ende vom Lied war, dass sie meinte, das müsste er umsonst machen, und er wollte Geld und dann haben sie sich wieder gestritten und er sagte, er täte es nur für das schöne Instrument, aber nicht für sie und sie sollte sich in Zukunft an jemand anderen wenden.«

»Oha«, sagte ich.

Das klang nicht so prall.

»Und nun?«, fragte ich.

Holle sah mich mit ihren großen braunen Augen an. »Das fragt Alix auch.«

Ich dachte nach.

Aber mir fiel nichts ein.

Mein schönes Drehbuch von der begnadeten Klavierspielerin und dem begeisterten Klavierstimmer war offensichtlich eher was fürs Fernsehen als für die Wirklichkeit.

»Scheiße«, sagte ich.

»Wohl wahr«, sagte Holle und seufzte.

Alix

Am nächsten Tag war Freitag und da kochten wir nicht. In den Schulpausen erzählte ich noch mal alles, was ich Holle gestern am Telefon schon gesagt hatte. Es war klar, unser Plan war auf der ganzen Linie gescheitert.

»Trotzdem«, sagte Linda.

»Was?«, fragte ich. Es war doch alles schief gelaufen, was konnte sie damit meinen?

»Na, unser Hauptziel war doch, dass sie nicht mehr unglücklich ist und dass sie auf keine dummen Gedanken mit ihren Pillen kommt. Und das haben wir schließlich geschafft, oder?«

Ich war baff.

Linda ist wirklich total gerissen. Die fällt immer auf die Füße, wie eine Katze, da hat Holle schon Recht.

»Na ja.« Ich war nicht so ganz ihrer Ansicht. »Okay, meine Mutter hat keinen Heulkrampf mehr gehabt, das stimmt. Aber das lag eher an dem Auftrag mit dem Pferdeknäblein. Das hat sie auf andere Gedanken gebracht und die Leute waren ihr wohl auch ziemlich sympathisch. Jedenfalls war sie nach den paar Tagen bei denen ganz gut drauf. Und neuerdings telefoniert sie auch wie-

der öfter selber und wird angerufen. Vorher ist sie immer um das Telefon rumgeschlichen, als ob es dadurch zum Klingeln gebracht würde.«
»Verstehe.« Linda nickte mit dem Kopf. »Sie hat sich also wieder gefangen.«
»Hört sich so an«, sagte Holle.
Dann hatten wir Mathe und konnten erst in der nächsten Pause weiterreden.
»Trotzdem«, sagte Linda. »Wir sollten nicht so schnell aufgeben. Dieser Hahne ist nicht verheiratet und findet euren Flügel toll, warum sollte er also nicht auch deine Mutter toll finden?«
»Oh«, sagte ich. »Da wüsste ich schon ein paar Gründe. Das Zusammenleben mit meiner Mutter ist nicht immer so ganz einfach, weißt du. Davon kann ich ein Lied singen.«
»Jaaa«, sagte Linda in diesem Super-Geduldston, den sie manchmal draufhat, wenn sie sich wieder megaschlau fühlt, »aber du bist ihr Kind.«
»Ach nee«, sagte Holle. »Wer hätte das gedacht!«
»Hör doch erst mal richtig zu«, sagte Linda. »Man darf nicht so schnell aufgeben. Wir müssen uns einfach was ausdenken, wo sich die beiden auf neutralem Boden begegnen, wo nicht einer dem andern die Schuld für etwas geben kann oder so . . .«
»Daran hättest du auch schon mal früher denken können«, schnitt ihr Holle das Wort ab.

»Ich kann ja auch nicht immer gleich an alles denken«, entgegnete Linda patzig. »Also passt auf: das Drehbuch –«
Aber da gongte es zur nächsten Stunde und danach hatte ich Kunst-AG und die anderen beiden frei.
»Also dann bis Montag«, sagte ich.

Holle

Wer hätte gedacht, dass ein Wochenende so schön sein könnte!
Joschi und Nico hatten ein Auswärtsspiel in Oldenburg und Vati schlug vor, wir sollten ihre Fantruppe verstärken. Mutti war von der Idee begeistert und wir beide packten einen Picknickkorb.
Die Jungs fuhren mit ihrem Bus und wir sahen sie erst, als sie aufs Spielfeld gelaufen kamen. Die Halle war ziemlich voll besetzt, aber wir fanden noch ganz gute Plätze.
Ich habe die Regeln noch immer nicht alle so ganz kapiert, aber es war sehr spannend und wir brüllten wie die Verrückten und unsere Mannschaft gewann auch, zwar nur knapp, aber sie gewann.
Dann warteten wir, bis die Jungs sich geduscht und umgezogen hatten, und anschließend fuhr Vati mit uns an den Jadebusen und wir fanden einen schönen Platz oben auf dem Deich und sahen den Surfern zu, während wir picknickten.
»Hmm, lecker, Frau Scherer«, sagte Nico.
»Das war nicht ich«, sagte Mutti und lachte. »Die Sandwichs hat Holle gemacht.«

»Na, dann!«, sagte Nico, grinste und hob sein Glas mit der Apfelsaftschorle. »Auf das Wohl der Köchin!«
Ich wurde rot, aber ich stieß mit ihm an und Joschi sagte: »Da schau her!«
Dann lachten alle und ich wurde bestimmt noch röter, falls das möglich war, denn meine Wangen brannten ganz heiß.
Auf der Rückfahrt saß ich zwischen Joschi und Nico auf dem Rücksitz und spürte richtig, wie die Nico zugewandte Seite von mir kribbelte.
Langsam kapierte ich, was Linda immer gemeint hatte, wenn sie von ihren Verknalltheiten geredet hatte.
Es fühlte sich ganz aufregend an, heiß und kitzelig.
»Das machen wir bald mal wieder«, sagte Mutti, als wir Nico zu Hause absetzten.
»Auf jeden Fall«, sagte er, aber er sah dabei mich an.

Linda

Ich hätte schwören können, dass mit Holle irgendwas los war.
Aber ich konnte nicht den Finger drauf legen.
Sie hatte sich in der letzten Zeit verändert, war ziemlich störrisch geworden und ich musste mir immer verdammt viele Argumente einfallen lassen, bis ich sie von etwas überzeugt hatte. Und manchmal klappte es nicht mal mit Argumenten: Sie hatte ihren eigenen Kopf und setzte den durch.
Das war früher anders gewesen.
Alix hatte sich auch verändert. Von der Hochnäsigkeit damals war nur noch selten etwas zu spüren, meistens war sie ziemlich kumpelhaft und ab und zu konnte sie auch richtig einen draufmachen. Obwohl man merkte, dass das noch etwas Neues für sie war.
Ich glaube nicht, dass ich mich verändert hatte. Vielleicht hatte ich besser argumentieren gelernt, weil Holle immer so viele Widerworte machte, aber ansonsten hing es meistens von mir ab, was wir unternahmen.
Ich hatte die guten Ideen.
Na gut, die Kiste mit der Edlen von dem Knesebeck und

diesem Hahne war irgendwie schief gelaufen, aber vielleicht war der wirklich schwul oder so. Dann konnte natürlich der beste Plan keinen Erfolg haben.

Als wir uns am Montag bei Holle trafen, wollte ich noch einmal einen neuen Versuch starten, aber die beiden anderen waren ziemlich dagegen und blockten ab.

»Seid ihr denn blöd?«, fragte ich. Ich mag nicht um die Dinge drum herumreden. Direkt aufs Ziel, das ist mein Motto. »Alix' Mutter droht sich umzubringen und ihr wollt dabeistehen und nichts unternehmen? Ich glaub es nicht!«

Alix schälte Kartoffeln und sah gar nicht hoch. »Erstens hat sie nie so was angekündigt und zweitens kann sie für sich selber sorgen!«

Das waren ja ganz neue Töne!

»Seit wann denn das? Ich finde, wir sollten uns einen Plan ausdenken, wie –«

»Ich war gestern mit meinen Eltern bei einem Basketballturnier«, sagte Holle dazwischen.

Ich finde es immer blöd, wenn jemand einfach das Thema wechselt, und blaffte sie an: »Das ist doch jetzt nicht wichtig! Jetzt geht es doch erst mal um Alix' Mutter und –«

»Und hinterher sind wir alle ans Meer gefahren und haben gepicknickt«, fuhr Holle ungerührt fort.

Das brachte mich in Wut. »Ich bin hier gerade bei einem sehr viel wichtigeren Thema«, zischte ich sie an. »Unterbrich mich nicht immer!«

»Aber das letzte Mal warst du stinkbeleidigt, dass ich dir nicht gleich von Nico erzählt habe«, widersprach Holle. »Nico war nämlich auch dabei. Und Joschi, natürlich.«

»Was? Wie?« Sie hatte mich ganz aus dem Konzept gebracht. Schließlich hatte Nico noch gerade vor ein paar Tagen mit mir reden wollen, als ich blöderweise keine Zeit hatte, deshalb brauchte sie sich doch jetzt nicht einzubilden –

»Linda«, sagte Alix fröhlich. »Mach den Mund wieder zu, dann bist du viel hübscher.«

»Es war ein toller Nachmittag«, erzählte Holle weiter, obwohl sie keiner dazu aufgefordert hatte, ich schon gar nicht. »Nico trank auf mein Wohl und auf der Fahrt, als ich so dicht neben ihm saß, da kribbelte es mich überall.«

»Und dann?«, fragte ich ganz schnell. »Was war dann?«

»Nichts«, sagte Holle und grinste. »Dann ist er ausgestiegen und hat gesagt, wir sollten das mal wieder machen.«

»Weiter nichts?«, bohrte ich noch nach.

»Nö, weiter nichts.« Holle verquirlte die Sahne mit den Eiern für das Kartoffelgratin. »Aber jetzt weiß ich, was du gemeint hast, wenn du vom Verliebtsein geredet hast.« Sie seufzte. »Es ist echt toll.«

Ich sah Holle an. Sie sah richtig hübsch aus, wie sie dastand und lächelte. Und sie hat wirklich eine tolle Haut, da hat Alix Recht. Und tolle große Augen. Sie seufzte wieder.

»Seid ihr jetzt bald fertig mit eurem Schmusekram?«, fragte Alix.
Holle drehte sich zu ihr um und sagte: »Nie. Aber du kannst ja ruhig sagen, wo dich der Schuh drückt.«
»Wieder mal ein echter Spruch wie von Holles Mutter«, sagte Alix und legte ein Brett neben das Spülbecken. Dann schnitt sie die Kartoffeln in hauchdünne Scheiben und schichtete sie in die gefettete Auflaufform. »Das Tolle ist: Mich drückt der Schuh nirgends. Ganz im Gegenteil. Ich hab gute Nachrichten, aber ihr lasst mich ja gar nicht zu Wort kommen – Nico hier und Nico da . . .« Sie verdrehte die Augen.
»Ach ja? Vielleicht willst du lieber ›Joschi hier und Joschi da‹ hören, was?«, fragte ich und ich hätte schwören können, dass sie ein bisschen rot wurde. Na gut, von mir aus konnte sie Joschi haben, der war mir nicht mehr so wichtig. Aber Nico . . .
»Wollt ihr es nun wissen, ihr Hühner, oder nicht?«, fragte sie.
»Klar wollen wir«, sagte Holle. »Was ist dir denn passiert?«
»Mir nichts. Aber meiner Mutter. Ihr Herr Hertogh hat sich gestern wieder gemeldet und sie haben stundenlang geredet. Und hinterher hat sie gesagt, dass er jetzt wüsste, dass er nicht auf sie verzichten will.«
»Und?«, fragten Holle und ich gleichzeitig.
Alix zuckte die Achseln. »Mehr weiß ich auch nicht. Viel-

leicht lässt er sich scheiden, vielleicht auch nicht, das ist ihre Sache – schließlich ist sie ja erwachsen.«

»Genau«, sagte Holle und sah mich mit einem ziemlich ekligen Gesichtsausdruck an. »Man muss sich ja nicht überall einmischen.«

»Ach nee?«, fragte ich wütend. »Und wer hat beim Einmischen begeistert mitgemacht, he? Wer wohl?«

»Alle«, sagte Alix ruhig. »Und ich fand es auch toll, wie ihr helfen wolltet, besonders du.« Dabei piekte sie mit dem Küchenmesser in meine Richtung in die Luft. »Aber jetzt können wir uns wieder ganz um uns kümmern.«

»Richtig«, sagte ich. Und dann fiel mir wieder ein, was ich schon längst mal aufs Tapet hatte bringen wollen. »Wisst ihr eigentlich, dass unser Kochklub noch gar keinen Namen hat?«

»Stimmt«, sagte Holle. »Das hatte ich auch schon überlegt. Und ich glaube . . .« Sie sah uns an und lachte auf einmal laut los.

»Was denn?«, fragte ich genervt. Ich kann es nicht ab, wenn die Leute mitten im Satz aufhören.

»Ich hab einen Namen für uns.« Sie sah von Alix zu mir und dann zum Herd. »Zimtziegen. Passt doch klasse, oder?«

Das Zimtziegen-Kochbuch

Lindas, Holles und Alix'
liebste Rezepte zum Nachkochen

Griechischer Salat
(für 4 Personen)

1 Kopfsalat
1 rote Paprika
1 gelbe Paprika
½ Gurke
1 Zwiebel (oder 3 Frühlingszwiebeln)
3 Tomaten (oder 10 halbierte Kirschtomaten)
200 g Schafskäse
1 Handvoll eingelegte Pepperoni

Kopfsalat waschen, Blätter mundgerecht zerteilen. Paprikas und Tomaten waschen und entkernen, dann in Stücke schneiden. Pepperoni ebenfalls entkernen und in Ringe schneiden. Gurke waschen und in dünne Scheiben schneiden. Zwiebel schälen, halbieren und in dünne Ringe schneiden.
Alles in einer großen Schüssel gut mischen, dann die Vinaigrette darüber träufeln und noch mal mischen.

Dazu aufgebackenes Fladenbrot.

Vinaigrette

3 Eierbecher frisch gepresstes Olivenöl
1 EL Weinessig
1 EL Balsamicoessig
½ TL Dijonsenf
Salz, frisch gemahlener Pfeffer

Alle Zutaten in ein sauberes Marmeladenglas geben, es fest verschließen und kräftig schütteln, bis alles gut vermengt ist. (Man kann auch die dreifache Menge machen und den Rest aufbewahren.)

Italienischer Salat
(für 4 Personen)

1 Kopfsalat oder 1 Römersalat
½ Gurke
4 Tomaten
1 Zwiebel
200 g Goudakäse
200 g gekochter Schinken
4 hart gekochte Eier

Salat waschen, die Blätter in mundgerechte Stücke zerteilen. Gurken und Tomaten waschen und in Scheiben schneiden. Zwiebeln schälen und in Ringe schneiden.

Käse grob reiben und Schinken in kleine Streifen schneiden. Eier achteln.
Alles appetitlich in eine Schüssel schichten, mit der Vinaigrette beträufeln und vorsichtig vermischen.
Dazu knuspriges Baguette.

Pfannkuchen
(für 4 Personen)

300 g Weizenmehl
½ l Milch
¼ l Wasser
4 Eier
1 EL Öl
½ TL Salz
Fett oder Öl zum Backen

Alle Zutaten der Reihe nach in eine Schüssel geben und mit dem Rührgerät verrühren. Der Teig soll nur so dick sein, dass er sofort wieder zusammenfließt, wenn man das Rührgerät herausnimmt.

In einer beschichteten Pfanne sehr wenig Öl (oder Fett) verteilen, den Teig mit einer Schöpfkelle hineingießen und die Pfanne etwas hin- und herbewegen, bis ihr Boden gleichmäßig bedeckt ist. Sobald der Teig nicht mehr flüssig ist, den Pfannkuchen mit einem Bratenwender wenden und von der anderen Seite ebenfalls gelbbraun backen. Kann anschließend mit Zucker (und Zimt) oder mit Konfitüre bestrichen werden.

Man kann auch auf die eine Hälfte abgetropfte Kirschen (Schattenmorellen) und steif geschlagene Sahne geben und die andere Hälfte darüber klappen.

Apfelpfannkuchen

3 Äpfel schälen, Kerngehäuse entfernen und in schmale Spalten schneiden. Falls die zu groß sind, nochmals zerteilen.
Der Teig wird zubereitet wie oben und in die Pfanne gegossen.
Dann Apfelstückchen darauf verteilen und schließlich wenden.

Pasta con Pesto
(für 4 Personen)

250 g Spaghetti oder Tagliatelle oder Penne
1 Bund Basilikum
1 Handvoll Pinienkerne
1 Knoblauchzehe
Salz, frischer Pfeffer
1 halbe Tasse frisch gepresstes Olivenöl
150 g Parmesankäse am Stück

Nudeln in reichlich Wasser mit einem TL Salz kochen, bis sie bissfest sind (nicht zu weich).
Käse reiben.
Basilikum waschen und mit den Pinienkernen, der Knoblauchzehe und dem Öl mit dem Pürierstab zerkleinern, bis eine sämige Paste entstanden ist. Den Käse ebenfalls unterrühren. Mit Salz und Pfeffer abschmecken.
Die Nudeln abgießen, kurz mit kaltem Wasser abschrecken.
Auf jede Portion einen großen Klacks Pesto geben und auf dem Teller vermischen.

(Man kann die Kräuterpaste und den Käse auch getrennt lassen: Erst ein Klacks Pesto auf die Nudeln und dann dick mit dem geriebenen Käse bestreuen!)
Übrig gebliebenen Pesto gut verschlossen in einem Glas aufbewahren, hält sich ein paar Tage.

Dazu Gurkensalat

1 Gurke in feine Scheiben schneiden oder raffeln und mit einer Soße aus 1 Becher saurer Sahne, 1 EL Essig, Salz, Pfeffer übergießen.

Spaghetti Bolognese
(für 4 Personen)

250 g Spaghetti
1 TL Salz
300 g gemischtes Hackfleisch
3 Zwiebeln
1 kl. Dose Tomaten
1 kl. Dose Tomatenmark
Salz, Pfeffer, 1 Prise Zucker
2 EL Kräuter der Provence
Öl zum Braten

Spaghetti in reichlich Wasser mit Salz kochen.
Zwiebeln schälen, klein schneiden. Pfanne erhitzen, 2 EL Öl hineingießen und die Zwiebeln in dem Öl glasig dünsten. Das Hackfleisch dazugeben und braun braten.
Tomaten und Tomatenmark dazu, Kräuter der Provence unterrühren und alles mit Salz, Zucker und Pfeffer abschmecken.
Dazu ein grüner Salat mit Vinaigrette.

Kartoffelgratin
(für 4 Personen)

600–700 g Kartoffeln (je nach Hunger)
1 Becher süße Sahne
Salz, Pfeffer

Kartoffeln in ca. 20 Min. fast gar kochen (die Schale soll nicht platzen), dann unter kaltem Wasser abschrecken, pellen und in sehr dünne Scheiben schneiden.
Den Backofen auf 220 Grad vorheizen. Eine Auflaufform einfetten und die Kartoffelscheiben wie Dachziegel hineinlegen, salzen, pfeffern. Dann die Sahne über die Kartoffeln gießen, auf die mittlere Schiene stellen und ca. ½ Stunde backen, bis die Kartoffelspitzen gebräunt sind.

Dieses Grundrezept kann nach Belieben erweitert werden:
Man kann 150 g gewürfelten und gebratenen Speck zwischen die Kartoffelscheiben legen (oder Kochschinken oder Fleischwurststücke oder Zwiebeln oder Paprikastreifen oder Zucchinischeiben oder Brokkoliröschen oder Tomaten oder auch eine Kombination aus Speck und Zwiebeln oder Zucchini und Schinken). Und wer möchte, kann auch noch 250 g geriebenen Gouda oder Emmentaler darüber streuen und mitbacken.

Zitronenkuchen

125 g Butter
250 g Zucker
3 Eier
1 Fläschchen Zitronenbacköl
250 g Mehl
125 g Kartoffelmehl
3 gestrichene TL Backpulver
1/8 l Milch

Für den Zuckerguss: 250 g Puderzucker, Saft von 1–2 Zitronen

Weiche Butter, Zucker und Eier mit dem Handrührer schaumig rühren, dann das Backöl dazugeben. Mehl mit Kartoffelmehl und Backpulver vermischen und löffelweise abwechselnd mit der Milch in die Schaummasse geben und verrühren, bis der Teig schwer reißend vom Rührquirl fällt. Den Teig in eine gut gefettete Napfkuchenform füllen und bei 200 Grad etwa eine Stunde backen.
Puderzucker mit Zitronensaft zu einem dickflüssigen Guss verrühren. Den gestürzten Kuchen noch warm mit der Glasur überziehen. (Muss nicht total gleichmäßig sein.)